ULLSTEIN

AF197742

Das Buch

«Dies ist ein anderer Surminski als der Ostpreußen-Heimkehrer und der Amerikafahrer. Hier erzählt der Autor die bittersüße Liebesgeschichte zweier Menschen, die mit einem gemeinsamen Feind fertig werden müssen, und er erzählt sie mit alltäglichen Worten, oft mit Resignation. Alle Nuancen erlebt der Leser mit: das Vergessen-Wollen und Nicht-vergessen-Können, den Ekel und die Erinnerung an glückliche Zeiten, Schuldgefühl und Abwehr und die Erkenntnis, daß unter all dem Groll noch etwas hat glimmen können und am Leben gewesen war, das nichts als Liebe sein konnte.» *(Die Welt)*
«Die Erzählung ist der durchaus positive Versuch, dem Dämon Alkohol das Prinzip Hoffnung gegenüberzustellen mit einer Liebeserklärung an eine Landschaft und an die Unauflöslichkeit einer Beziehung in guten und in schlechten Zeiten.» *(Welt am Sonntag)*

Der Autor

Arno Surminski, geboren am 20. August 1934 in Ostpreußen, war im Anschluß an eine Lehre in einem Rechtsanwaltsbüro und nach zweijähriger Arbeit in kanadischen Holzfällercamps für ein Versicherungsunternehmen tätig. Seit 1972 arbeitet er freiberuflich als Wirtschaftsjournalist und Schriftsteller.

In unserem Hause sind von Arno Surminski bereits erschienen:

*Aus dem Nest gefallen · Besuch aus Stralsund
Damals in Poggenwalde · Fremdes Land oder Als die Freiheit
noch zu haben war · Grunowen oder Das vergangene Land
Jokehnen oder Wie lange fährt man von Ostpreußen nach
Deutschland? · Kein schöner Land · Die Kinder von Moorhusen
Kudenow oder An fremden Wassern weinen
Die masurischen Könige · Polninken oder Eine deutsche Liebe
Sommer vierundvierzig oder Wie lange fährt man von
Deutschland nach Ostpreußen? · Vaterland ohne Väter
Versicherung unterm Hakenkreuz · Der Winter der Tiere*

Arno Surminski

Malojawind

Eine Liebesgeschichte

Ullstein

Besuchen Sie uns im Internet:
www.ullstein-taschenbuch.de

Ungekürzte Ausgabe im Ullstein Taschenbuch
1. Auflage 2002
2. Auflage 2011
© Ullstein Buchverlage GmbH, Berlin 2011
© 2002 by Econ Ullstein List Verlag GmbH & Co. KG, München
Umschlaggestaltung: Thomas Jarzina, Köln
Titelabbildung: AKG, Berlin
Gesetzt aus der Sabon
Papier: Pamo Super von Arctic Paper Mochenwangen GmbH
Druck und Bindearbeiten: CPI – Ebner & Spiegel, Ulm
Printed in Germany
ISBN 978-3-548-25409-8

Arno Surminski *Malojawind*

Ich heiße Werner Gersdorf und habe eine Geschichte zu erzählen. Es fällt mir schwer, aber ich habe viel Zeit, denn ich sitze wie immer am Fenster und warte auf Julia. Jenseits der Scheiben blüht der Flieder. Sein Duft, der durch Wände und Glas dringt, erinnert mich an meinen Aufbruch und beschämt mich immer wieder.

Ich heiße Werner Gersdorf und bin geboren im Sommer 1940. Ich habe bei Wulf & Sohn gearbeitet bis vor einem Jahr. Mir unterstanden die Computer und die Menschen, die mit den Computern arbeiteten – bis vor einem Jahr. Ich habe gern gearbeitet. Aber dann geschah es, daß meine Kräfte nachließen. Julias wegen. Sie störte meine Arbeit, gelegentlich machte ich Fehler. An einem Mittwoch im Mai saß ich mit Timmann in der Kantine und löffelte Kirschjoghurt. Timmann blätterte in einer Zeitschrift, über Kopf sah ich Bilder endloser Strände ohne Menschen.

«Seychellen», sagte Timmann.

«Man müßte mal aussteigen», antwortete ich und tippte auf die Palmen, die sich dem Meer zuneigten.

Timmann blickte mich verwundert an.

«Daran denkt jeder mal, aber die wenigsten schaffen es», meinte er.

Als ich mit Timmann die Bilder betrachtete, glaubte ich, es schaffen zu können. Auch am Nachmittag noch. Ich ordnete die Papiere, hinterließ schriftliche Hinweise, wo dieses und jenes zu finden sei. Das Namensschild, das den

Schreibtischen im Großraum die individuelle Note gab, warf ich in die Schublade, begrub es unter Bergen von Blaubogen. Prokurist Werner Gersdorf gab es nicht mehr. Auf der Heimfahrt – ich machte den Umweg zum Großmarkt, um die Flaschen zu holen – spürte ich die aufkommende Unsicherheit. Langsam fuhr ich, betont langsam. Plötzlich die Furcht, ich könnte ihr begegnen, eine gänzlich unbegründete Furcht, denn Julia wartete nie auf meine Heimkehr. Wenn sie da ist, kann ich es nicht tun, dachte ich, während ich Brot und Käse kaufte, Dauerwurst und ein paar Dosen mit Früchten, auch eine Zwei-Liter-Flasche Mineralwasser.

Natürlich war sie nicht da. Ich ging durch die Räume, überzeugte mich, daß sie nicht da war, stieg auch nach oben, wo ich schon lange nicht mehr gewesen war. Danach zog ich die Schuhe aus, legte mich aufs Sofa, schloß die Augen und war nun ziemlich sicher, es tun zu können. Kaum begann es zu dunkeln, kehrte die alte Unsicherheit wieder und stellte mir die Frage, ob ich überhaupt fahren dürfe. Um nicht antworten zu müssen, schaltete ich das Fernsehgerät ein, sah und hörte aber nichts, bis sie die Berge zeigten, die Dolomiten oder Karpaten, jedenfalls ansehnliche Berge und schneebedeckt. Harz wäre nicht weit genug, dachte ich. Bayerischer Wald ginge vielleicht, noch besser wären die Alpen. Nur weit genug mußte es sein. Auf einer blumigen Alm liegen und das Gras wachsen hören. Wenn es plätschert, ist es nicht auslaufendes Bier, sondern ein Bach mit trinkbarem Bergwasser. Die Bilder von den Bergen machten mir Mut. Ich glaubte, es doch tun zu können. Einfach losfahren. Richtung Seychellen. Oder Alpen. Heute noch. Wenn die Dunkelheit in den Garten fällt und auf die Straße, auf der ich mich davonmachen will.

Ich ließ mir Zeit, vor Mitternacht kam sie ja nie. Ich aß Abendbrot, wie immer allein, wusch das Geschirr und stellte es an seinen Platz, denn es sollte keine Unordnung von mir zurückbleiben, wenigstens das nicht. Bevor ich zu packen begann, zog ich die Vorhänge zu. Niemand sollte mir zusehen. Warme Stiefel für den Winter, sommerliche Sandalen, Turnschuhe, Wanderschuhe, die blanken Schwarzen für festliche Anlässe und natürlich Gummistiefel für den Regen. Aber nur einen Anzug. In eine Plastiktüte stopfte ich Socken und Unterwäsche, auch Taschentücher. Beim Plündern des Wäscheschranks stieß ich auf das große Einmachglas mit Kupferpfennigen. Es lag eingebettet in Laken und Tischdecken, trug sich schwer wie eine Bombe. Ein Hochzeitsgeschenk ihrer Sparkassenfiliale. «Julia und Werner» stand auf dem Zettel, den ihre Kollegen aufs Glas geklebt hatten, bevor sie die Geldbombe am Polterabend überreichten. Sie sollten Glück bringen, die Pfennige. Herrgott, das lag nun zehn Jahre zurück, und wir waren nicht dazu gekommen, die Pfennige zu zählen. Wo steckte der Briefumschlag mit den Zetteln? Julia hatte die Idee, jeden Hochzeitsgast die Zahl der Pfennige raten zu lassen. Dem Sieger winkte ein Kuß von Julia oder sonst etwas Aufregendes. Ich hatte viermal die Drei auf meinen Zettel geschrieben, das wären 33 Mark und 33 Pfennige, eine zu hohe Zahl, wie mir jetzt schien, da ich das vergessene Einmachglas auf den Wohnzimmertisch stellte wie eine Blumenvase mit einem vertrockneten Strauß. Eine kleine Erinnerung an das Glück, das die Pfennige bringen sollten; vielleicht reichten sie für eine Flasche Aquavit.

Danach fiel mir nur Nützliches ein. Eine Wolldecke und Handschuhe brachte ich in die Garage. Bücher, die seit Jahren ungelesen aufs Bord gewandert waren für spätere

Feierabende, trug ich die Kellertreppe hinunter und stapelte sie auf dem Rücksitz meines Autos. Auf Bergwiesen liegen, ein Buch in der Hand, umgeben von Schmetterlingen und Libellen, viel Zeit haben, viel klare Luft, viel klares Wasser... In achtzig Tagen um die Welt... Der stille Don... Wem die Stunde schlägt...

Zehn Uhr dreißig. Ich schaltete das Licht aus, löschte sogar die Laterne im Garten, die den weißen Flieder auch nachts leuchten ließ. Eine Taschenlampe nahm ich in den Mund, hielt sie mit den Zähnen fest, weil ich die Hände brauchte für den Bierkasten. Ich trug ihn aus dem Kofferraum nach oben. Als ich ihn neben die Kupferpfennige auf den Wohnzimmertisch stellte, klirrten die Flaschen. Danach die Zweiunddreißigprozentigen, sechs Flaschen von der billigen Sorte. Die kamen in den Kühlschrank. Zwei Flaschen Branntwein trug ich in ihr Schlafzimmer. Ich warf sie ins Bett, da lagen sie wie neugeborene Zwillinge und grinsten mich an mit ihren Etikettengesichtern. Nein, das ist bösartig, dachte ich. Ich nahm die Zwillinge aus dem Bett, stellte sie auf den Nachtschrank, da glichen sie wieder gewöhnlichen Branntweinflaschen.

Auf dem Flur schlug die Standuhr elf. Noch viel Zeit, denn vor Mitternacht kam sie nie. In der Küche rumorte der Kühlschrank, das kam von den sechs Flaschen, die gekühlt werden wollten. Noch einmal in den Garten, die Granulatwege ablaufen bis zum Fliederbusch am Eingang. Ihr Flieder. Als wir das Haus bauten, wollte sie ihn haben, weißen Flieder vor der Haustür. Irgendeine romantische Schwärmerei, ich bin nie dahintergekommen. Krokus und Osterglocken waren längst verblüht, bald wäre der Rasen zu mähen, aber er wird wachsen wie das Gras auf den Almen. Julia wird den Rasen vergessen. An die Blumen wird sie denken, Blumen mag sie. Sie wird sie gießen mit abgestandenem, schalem Bier, das bekommt den Blumen. Bierreste gehören nicht in den Ausguß, sondern in den Garten!

Von der Straße kam Licht, die Bogenlampen schütteten es in den weißen Flieder. Von der Ampel blinkte es rot, gelb und grün. Ich hielt mich auf der Schattenseite des Hauses. Nur nicht gesehen werden! Niemand sollte das Fenster öffnen und teilnahmslos fragen: Ach, wollen Sie verreisen, Herr Gersdorf?

So hoch die Tannen, zehn Jahre alt und schon den Dachfirst überragend. Hinter den Bäumen die Lichter des Fernsehturms. In seinem Drehrestaurant hatten wir unseren letzten gemeinsamen Auftritt: Krabbencocktail, Filetsteak, als Nachtisch Maraschinoeis. Unser achter Hochzeitstag. Ich bestellte zwei Plätze im Drehrestaurant. Julia und ich über der winterlichen Stadt. Auf dem Heiligengeistfeld flimmern die Lichter des Winterdoms, dreht sich gemächlich das Riesenrad, überschlagen sich die Salto-mortale-Bahnen. Gegen zehn Uhr bricht unten ein Feuerwerk los.

Schön, sagt Julia.

Kannst mein Maraschinoeis essen, sage ich.

Sie hört mich nicht. Sie starrt zu dem Lichterzauber, der neben dem Betonbunker aus der Kriegszeit in den Himmel steigt. Sie ißt fast nichts.

Du mochtest Maraschinoeis doch immer so gern, sage ich.

Sie hört mich nicht, verdammt, sie hört mich nicht. Sie ist nicht mehr zu retten, denke ich und sehe angewidert zu, wie sie das Glas austrinkt, zur Weinflasche greift und sich den Rest einschenkt. Es wäre am besten, wenn sie hinunterspränge in den feuerspeienden Trubel der Autoscooter, denke ich. Ja, das ginge. Die Glasfassade des Drehrestaurants besitzt einen Ausgang ins Freie. Da hängt ein Korb, in den die Fensterputzer einsteigen, wenn sie die Scheiben von außen reinigen. Ich esse mein Maraschinoeis, danach das ihre. Der Ausgang der Fensterputzer kommt an unserem Tisch vorbei. Wenn sie nun hinunterfiele, denke ich und erschrecke.

Damals auf dem Fernsehturm habe ich es zum erstenmal gedacht, danach kam es immer wieder.

Auf der Straße Gesang. Wenn sie nun käme, könnte ich nicht mehr fahren. Aber nein, es waren junge Leute, die von einer Feier heimkehrten und das Lied von den Kreuzberger Nächten sangen. Während sie vorüberzogen, verabschiedete ich mich von dem Garten, der mich viel Schweiß gekostet hatte. Er wird zu einer Wildnis verkommen. Das Gras wird die Wege überwuchern und in die Fenster schauen.

Julias Freude über die erste blühende Rose.

Pflück sie bloß nicht ab, Werner! Ruft sie aus dem Fenster.

Für dich abpflücken, sage ich.

Nein, überhaupt nicht abpflücken, niemals abpflücken!

Sie besaß einen Bausparvertrag über 30 000 Mark, ich einen mit 40 000 Mark. Außerdem bekam sie ein Personaldarlehen von ihrer Sparkasse und wir beide zusammen eine Hypothek.

Das geht aber nur, wenn Sie heiraten, sagte der feine Herr in der Hypothekenabteilung.

Nichts einfacher als das, antwortete Julia. Wir wollen sowieso heiraten. Wenn es wegen der Hypothek sein muß, heiraten wir eben ein halbes Jahr früher.

Jeden Tag treffen wir uns, um zu sehen, wie die Mauern wachsen. Sie kommt von ihrer Sparkasse, ich komme von Wulf & Sohn. Die Handwerker sind längst fort, wenn wir allein auf der Baustelle herumklettern. Unser Haus. Julia will unbedingt ein Dach über der Eingangstür haben, damit sie nicht naß wird, wenn sie im Regen nach Hause kommt und den Schlüssel in der Handtasche sucht. Also gut, bauen wir ein Dach. Eine Wendeltreppe soll von der Terrasse in den Garten führen, weil Wendeltreppen so romantisch sind. Eine junge, hübsche Frau, sommerlich gekleidet, spaziert, umgeben von blühenden Sträuchern, eine Wendeltreppe hinunter.

Also gut, bauen wir eine Wendeltreppe.

Nach dem Richtfest lieben wir uns zum erstenmal in diesem Haus. Es war ein Sommerabend und der frisch geschüttete Beton eisenhart. Julia hatte Decken mitgebracht, sogar ein Sofakissen. Wir sind doch keine Fakire, sagt sie und bereitet lachend unser Lager auf dem Beton. Es ist ihre Idee, diese Liebe im Rohbau. Sie überrascht mich mit den Decken und Kissen. Sie mag das Ausgefallene. Mal was Besonderes, sagt sie. Sich im Bett lieben kann jeder, sagt sie. Über uns raschelt das trockene Laub des Richtkranzes, knattern die bunten Bänder. Das Licht der Sommersterne fällt zwischen sperrigen Balken auf den Betongrund. Das ist unser Richtfest, sagt Julia.

Bis auf 40 000 Mark war alles bezahlt, ein fast schuldenfreies Haus, das ich im Stich lassen wollte. In vier Wochen wären wieder tausend Mark fällig, aber nicht für mich. Ich will nicht mehr, ich kann nicht mehr, es geht über meine Kräfte.

Zehn vor zwölf. Zum letztenmal betrat ich das Haus. Ich hielt die Standuhr an, berührte nur den Perpendikel mit dem Zeigefinger, da verstummte das Uhrwerk. Nun war es ganz still, auch der Kühlschrank lief nicht mehr. Wenn du jetzt nicht gehst, gehst du nie mehr, dachte ich.

Um keinen Lärm zu verursachen, schob ich das Auto aus der Garage, verriegelte das Garagentor von innen und verließ das Haus durch den Haupteingang. Auf keinen Fall abschließen. Wenn sie ihren Schlüssel nicht findet oder wenn sie ihn verloren hat, was auch schon vorgekommen ist, schreit sie die Nachbarn aus dem Schlaf oder schlägt die Scheiben ein.

Ich löste die Handbremse, ließ den Wagen ohne Licht die Auffahrt hinabrollen, schloß hinter mir die Pforte. So, das wär's. Niemand sah aus dem Fenster. Auf Anhieb sprang der Motor an. Die ersten Meter fuhr ich ohne Licht, erst an der Kreuzung schaltete ich es ein. Die belebte Straße nahm mich auf. Es fuhren noch Busse und hellerleuchtete Hochbahnzüge. Menschen kamen aus der City, aus Kinos, Theatern und jenem Drehrestaurant, aus dem du einfach in die Tiefe treten kannst. Eine warme Nacht, eine Nacht, in der die Liebespaare auf den Parkbänken sitzen und die Dichter den Mond ansingen.

Vor den Elbbrücken Verkehrskontrolle.

«Haben Sie Alkohol getrunken?»

«Ich trinke schon seit Jahren nicht mehr.»

«Danke, Sie können fahren.»

Sterne über Soltau-Ost. Die Wälder strömten eine wunderbare Ruhe aus. Mit mir unterwegs die Lastwagenfahrer, die um Mitternacht in Hamburg aufgebrochen waren, um in den Süden zu fahren, so wie ich. Ich fühlte mich frei wie die Nachtvögel, die mit schwerem Flügelschlag die Fahrbahn kreuzten. Ich allein in dem dunklen Auto, umgeben von seiner Wärme, vor mir wie Glühwürmchen die Lichter des Armaturenbretts, das Flackern der Verkehrsfunkanzeige beim Verlassen des UKW-Bereichs. Heitere Musik nach Mitternacht, und ich gelassen, ganz ruhig, ohne Vorwürfe, während hinter mir Brücken einstürzten. Ich entfernte mich von einer grausigen Stätte, von einem

Tatort ohne Blut. Ein Schiff ging unter, und ich saß im Rettungsboot.

Hannover-Kirchhorst. Jetzt kommt sie nach Hause. Um ein Uhr machen die Kneipen dicht, halb zwei war ihre Zeit. Ich schaltete das Radio aus, weil Peter Alexander das Lied von der kleinen Kneipe sang, in der das Leben noch lebenswert ist, ein verlogenes Lied, wie ich fand, ein Lied, das man verbieten müßte.

In Seesen tankte ich, zog einen Sandwich aus dem Automaten, ging mit einer Hand voll Kleingeld zur Telefonzelle. Nicht, daß ich ihr noch etwas sagen wollte. Nein, nein, alles Sagen war vergeblich, weil sie es nicht mehr wahrnahm. Einen Brief hätte ich hinterlassen können. Vermochte sie denn noch zu lesen? Gab das Aneinanderreihen von Buchstaben ihr noch einen Sinn? Liebe Julia, hätte ich schreiben können. Ich fahre ein bißchen weg und komme erst wieder, wenn du tot bist oder wenn du diesen Dämon besiegt hast. In Liebe, Dein Werner. Der Kerl tickt doch nicht richtig, würde sie zu einem solchen Brief sagen. Oder sie nimmt ihn gar nicht mehr wahr, weil der Dämon nicht nur den Körper frißt, auch den Verstand.

Sechsmal schrillte das Telefon, dann nahm sie den Hörer ab, eine Frauenstimme sagte: «Halt endlich das Maul!» Schnell hängte ich ein.

In der Raststätte spielten Fernfahrer Karten. Einer las Zeitung, ein anderer war unter seiner Zeitung eingeschlafen. Sie sahen mich an, als wäre ich ein Schiffbrüchiger, den eine Welle an Land gespült hat. Mit einem Pappbecher voller Kaffee und einem Sandwich kam ich an ihren Tisch. Der Zeitungsleser legte das Blatt aus der Hand, sagte, er sei auf dem Weg von Flensburg nach Heilbronn. Um halb zehn müsse er dort einen Lastzug

Flensburger Rum abliefern. Ausgerechnet Rum, dachte ich.

«Wie viele Flaschen sind denn auf so einem Lastwagen?»

«Na, ein paar tausend schon.»

Ausgerechnet Rum! Mit Rum fing es an. Heißer Grog gegen die kalten Füße. Diese zierlichen kleinen Füße wollten nicht warm werden, jeden Abend kalte Füße, auch im Sommer kalte Füße. Ausgerechnet Rum!

«Und wohin wollen Sie?» fragte der Rumfahrer.

«Vielleicht in die Alpen», antwortete ich.

Die unbestimmte Antwort machte ihn neugierig, er sah mich forschend an. Was bist du für ein komischer Nachtvogel? schien er zu denken.

Ich war ihm keine Rechenschaft schuldig, aber weil er mich ansah, glaubte ich, etwas sagen zu müssen.

«In meiner Familie hat es ein Unglück gegeben», sagte ich. «Ich ertrage es zu Hause nicht mehr, ich muß in die Einsamkeit, vielleicht in die Alpen.»

Das mit dem «Unglück» klang überzeugend. Er schien es zu glauben. Ich würde das nun immer sagen, wenn mich jemand fragte. Großes Unglück ließ alles offen, konnte Tod des Kindes, der Frau oder der Mutter bedeuten, auch schwerer Verkehrsunfall oder niedergebranntes Haus. Großes Unglück klang so allgemein und traf doch meinen traurigen Fall ganz genau.

«Für Leute wie Sie gibt es verlassene Alpentäler genug», sagte der Rumfahrer.

Ausgerechnet Rum, dachte ich. Der Kerl fährt mit ein paar tausend Flaschen Rum durch Deutschland! Diese Lastzüge verunglücken nie, sie kommen immer an, der Stoff geht niemals aus, notfalls pressen sie ihn aus Baumrinde und Kartoffelschalen. Kein Gesetz der Welt vermag das Zeug auszurotten, der liebe Gott ist machtlos, wohl auch der Teufel. Es fließt mit allen Strömen zum Meer, aber vorher fließt es durch die menschlichen Körper, höhlt sie aus, spült die Seelen fort. Ausgerechnet Rum!

Hinter Kassel begann der Tag. Früher waren wir oft im Mai in den Süden gefahren. Angestellte ohne schulpflichtige Kinder mußten im Mai oder September Urlaub nehmen. Im Morgengrauen über die Elbbrücken. Mittagessen zwischen Fulda und Würzburg in einem Dorfgasthof. Meistens Kraut und Würstl. Und was möchten die Herrschaften trinken? Ich einen halben Liter bayerisches Bier, Julia einen Kaffee. Ja, damals war die Welt noch in Ordnung. Aber dann kamen die Rumfahrer und zerstörten alles.

Karlsruhe. Es wäre nun an der Zeit aufzustehen. Unter die Dusche mit dir, rasieren, selbst den Kaffee kochen, selbst das Brot in den Toaster schieben, allein sitzen vor der Erdbeermarmelade und auf Geräusche von oben warten. Heute, das war doch der Tag, an dem die Leute von Nixdorf kommen wollten. Monatelang hatte ich ihren Besuch vorbereitet, jetzt kamen sie, aber Werner Gersdorf – Fehlanzeige.

«Wo steckt denn der Gersdorf?» wird Altenberg fragen. «Hat der wieder Probleme mit seiner Frau?»

Die Sekretärin wird anrufen, wird es läuten lassen, bis sich eine schläfrige Stimme meldet. «Halt endlich das Maul!» wird die Stimme sagen. Die Nixdorfleute werden vorfahren. Altenberg wird sich bei ihnen entschuldigen. «Herr Gersdorf ist noch nicht eingetroffen, vielleicht sitzt er in einem Verkehrsstau.»

Das stimmt nicht, Herr Altenberg, ich fahre gerade auf Freiburg zu, auf völlig freier Strecke, kein Unfall, kein Stau, keine Rumfahrer.

Wulf & Sohn wird einen Boten schicken. Der wird neben

dem Fliederbusch am Eingang stehen und klingeln. Keiner da, wird der denken, will schon gehen, da öffnet sie doch noch. Im lila Nachthemd, das Haar wirr, die Strümpfe bis zu den Knöcheln gerutscht, so steht sie da.

«Keine Ahnung, wo mein Mann ist. Gestern war er noch da.»

Oder sie öffnet nicht, weil sie tot ist. Bei fünf Promille Blutalkohol tritt der Tod ein, sagt das enzyklopädische Lexikon. Ich habe die einschlägigen Stichwörter studiert, ich weiß alles über Alkoholabusus, Delirium, Säuferwahn und Leberzirrhose. Ich kenne diesen Dämon, aber ich vermag ihn nicht zu besiegen.

Mensch, wo bleibt Gersdorf! tobt Altenberg in der Chefetage. Der Gersdorf befindet sich jetzt in Höhe der Autobahnausfahrt Freiburg, sieht linker Hand die Hänge des Schwarzwalds, rechts im Morgennebel das Tal des Rheins. Der tut das, woran viele denken, aber nur denken, der fährt einfach davon, in die Alpen oder zu den Seychellen.

Wie ging es weiter mit Wulf & Sohn? Zahlten die noch Geld aufs Konto? Wenn ein Mitarbeiter nicht krank, nicht tot, nicht beurlaubt, nicht abgemeldet, nur einfach verschwunden ist, gibt es da Lohnfortzahlung? Ist «einfaches Verschwinden» gesetzlich erfaßt, oder hat niemand an diese Möglichkeit gedacht? Du warst Prokurist mit 5000 Mark Monatsgehalt. Die hast du an den Nagel gehängt und fährst in den jungen Tag, fährst an Freiburg vorbei in die stillen Alpentäler oder zu den Seychellen.

In Basel tauschte ich Geld, mußte tanken und danach essen. Der Grenzbeamte blickte mich prüfend an, schien zu ahnen, was mich in sein Land trieb. Nein, fair war es nicht. Während ich mit Schweizer Franken frühstückte, besaß sie nicht eine Mark, um Brötchen zu kaufen. Sie wird verhungern. Ich hatte die beiden Sparkonten geplündert, das Girokonto auf Null gestellt, Scheckheft und Scheckkarte mitgenommen, nur das Einmachglas mit den Kupferpfennigen stand auf ihrem Tisch. Aber wozu brauchte sie Geld? Sie sollte sterben, endlich sterben! Sterben kostet nichts.

Diese Schweiz war mir einfach zu belebt. Stadt reihte sich an Stadt, dabei suchte ich einsame Täler. Am Walensee aß ich zu Mittag, saß wie ein Handlungsreisender auf der Seeterrasse und verzehrte Sauerbraten mit Kroketten. Was trinkt der Herr? Nur Mineralwasser.

Mein Körper war übermüdet, aber der Kopf stand dem Einschlafen im Wege, er dachte pausenlos weiter. Ich hätte eine Nachricht hinterlassen sollen, einen letzten Gruß. Wie Selbstmörder sich verabschieden: Ich kann deine Nähe nicht mehr ertragen, du ekelst mich an. Wenn du den Dämon überwältigst, komme ich wieder, um dich zu umarmen. Wenn nicht, dann stirb bitte schnell, hör endlich auf zu leben!

Der frühe Nachmittag war ihre gute Zeit. Jetzt ordnete sie die Kleidung, kämmte das Haar, wusch sich, manchmal duschte sie sogar und aß eine Kleinigkeit. Wenn ich jetzt anriefe, würde sie sagen: Komm bitte nach Hause, Werner! Aber wenn ich käme, wäre sie nicht mehr da.

Ich sah keine Berge, durchfuhr sie wie Nebelwände. Es muß ein sonniger Tag gewesen sein, ich weiß es nicht mehr. Sicher gab es blühende Frühlingswiesen, ich habe sie nicht gesehen. Das Rot des Abendlichts wird den letzten Schnee gefärbt haben, ich weiß davon nichts. Ich habe an Julia gedacht, den ganzen Nachmittag. In Sargans suchte ich ein Hotel. Auf dem Meldezettel stand: Werner Gersdorf, Hamburg.

«Bleiben Sie nur eine Nacht?»

Ich nickte müde. Ja, ich mußte weiter zu den Seychellen oder in ein einsames Tal. Ich mußte dieses gewaltige Bergmassiv zwischen uns bringen, um endlich Ruhe zu haben.

Ein unvergeßlicher Morgen. Diese Stille jenseits von Chur. Sie übertraf bei weitem, was Dome und Wälder zu bieten haben. Keine Bäume mehr. Junges Frühlingsgras zwischen den Felsen. Schneeplacken in rötlichem Geröll. Wasser sickerte aus den Steinen und kam mir auf der Paßstraße entgegen. So hoch und doch so mild. Das war Italien. Es hatte seinen Sommer über die Berge geschickt. Tiefblau der Himmel wie aus den Fenstern der Flugzeuge. An dem Schild «Julierpaß 2264 m» stieg ich aus, hörte Wasser plätschern, nur Wasser plätschern. Aus der Höhe fiel es, spülte über die Paßstraße, tropfte von den Steinen. Ich schöpfte mit den Händen, nahm es einfach so von den Bergen und trank ohne Ekel.

Ich hatte den furchtbaren Nebel durchstoßen, fühlte mich frei. Zweitausend Meter über dem menschlichen Elend, um mich nur Reinheit und die Wärme des Südens.

Der Kiosk war geschlossen, so früh am Morgen fehlte es an Postkartenkäufern und Andenkensammlern. Ein Lkw machte Rast auf der Paßhöhe. Zwei Männer im Führerhaus tranken Kaffee, auf der grauen Plane des Lastzugs entdeckte ich farbige Cinzano-Reklame. So schön läßt sich der Dämon spazierenfahren. Hinter der Scheibe des Kiosks entdeckte ich Aufkleber und Anhänger, Postkarten. vom Julierpaß in allen Jahreszeiten, kleine Fläschchen Enzianschnaps und Landkarten. Plötzlich begannen mir die Augen zu flimmern. Auf einer Landkarte entdeckte ich ihren Namen. Über tausend Kilometer geflohen, und nun war sie wieder da. Ein Fluß trug den Namen Julia. Er entsprang auf dem Piz Lunghin, fiel nordwestwärts dem

Rhein zu und der Nordsee. Hier der Julierpaß, ein schroffer, karger Felsgarten, drüben die Quelle der lieblichen Julia.

Sie befinden sich hier an der großen Wasserscheide, sagte die Landkarte. Von hier fließt der Inn zur Donau und weiter ins Schwarze Meer, die Maira stürzt südwärts in die Adria, aber Julia zieht es in den Norden, sie trägt ihr Wasser zum roten Felsen der Insel Helgoland.

Guten Morgen, Julia. Erinnerst du dich, daß wir einmal auf Helgoland waren? Vermutlich weißt du gar nicht, daß es einen Fluß gibt, der deinen Namen trägt. Hier oben könntest du bräunen, Julia. Darauf warst du stets versessen, bräunen und schön sein bedeuteten dir viel. Ich lachte dich aus, wenn du beim Spazierengehen die Straßenseite wechseltest, nur weil drüben die Sonne schien. Unser Frühstück trugst du auf die Terrasse, um ja die Morgensonne an deinen Körper zu lassen. Ich mochte lieber die weißen Stellen deines Körpers, den auffallenden Kontrast zu deiner Schokoladenbräune – aber das ist lange her.

Nach dieser Begegnung mit Julia fuhr ich hinunter ins Engadin. Ergrünende Lärchenwälder, die Seen vollgeschüttet mit glitzerndem Licht. Zwischen Wasser und Schneegipfel pendelten Seilbahnen, an den Ufern blühte der Frühling. Unten ein schöner Name: Silvaplana. Ich hielt mich rechts, weil ich links hinter dem See eine Stadt sah. Ich hatte genug von Städten. In Maloja hielt ich, teils aus Furcht, weil ich sah, daß die Straße vor mir in den Abgrund stürzte. Das war der Malojapaß, der kleine Bruder des Julier. Sollte ich da wirklich hinunter? Die Straße durchschlängelte ein enges Tal, das sich zum Horizont hin weitete und sich in weißer, flimmernder Hitze auflöste. Im zweiten Gang in die Serpentinen. Nach jeder Kehre blühten die Blumen üppiger. Kuhglocken bimmelten. Auf halber Höhe traf ich einen, der mit dem Rennrad den Paß anging. Am Hang die Ruine einer Kirche. Wie ausgebrannt. Hier hatte es doch keinen Krieg gegeben! Der Temperaturanzeiger wanderte zur roten Markierung. Flachlandautos sind diese Paßfahrten nicht gewohnt und fangen an zu kochen. Ein Ortsschild: Casaccia. Der rote Strich war erreicht. Bei den ersten Häusern hielt ich, um das Wasser abkühlen zu lassen. Das Dorf kam mir mittelalterlich grau vor. Die Häuser, bedeckt von mächtig ausladenden Steindächern, schienen unbewohnt zu sein. Kein Mensch auf der Straße, kein Mensch hinter den Fenstern. Blumen in den Gärten, aber keine Menschen. An den Hängen graste Vieh.

Mein Auto sprang nicht mehr an. Ich ließ es die abschüssige Straße ins Dorf rollen bis zu dem Schild, das in drei Sprachen mitteilte, hier befinde sich die letzte Tankstelle vor den Pässen. Auch die Tankstelle schien von Menschen verlassen zu sein, jedenfalls kam niemand. Ich überquerte die Straße, ging auf den kantigen Kirchturm zu, der das Dorf überragte. Das Schwarze Brett an der Kirche war mit Verlautbarungen bepflastert, eine Schar brauner Hühner bevölkerte eine Wiese, und aus einem der Schornsteine paffte weißer Rauch gegen eine Felswand. «Hotel Stampa» las ich, ein Gebäude, so alt, Julius Cäsar hätte darin übernachtet haben können. Eine Speisekarte hing im Glaskasten. Im Fenster ein verblichenes Schild: Torte Fresche. Daneben eine dicke schwarze Schrift: Chiuso!

Auf der Straße lärmten die Paßfahrer. Mitten im Dorf schalteten sie in einen niedrigen Gang, was einen furchtbaren Krach verursachte. Ein Postbus kam aus dem Tal und hielt gegenüber dem «Hotel Stampa». Niemand stieg ein, niemand stieg aus, nur der Fahrer schleppte einen Postsack zu einer Holzhütte, die nicht in dieses alte, graue, steinige Dorf paßte. Das also war die Post von Casaccia, ein Ferienhäuschen aus Holz mit einer großen Fensterscheibe. Hinter dem Glas hing der Fahrplan für die Strecke Castasegna–Pontresina. Ein Zettel sagte, daß es Fahrkarten nicht im Bus, sondern am Postschalter gebe und die Post aus diesem Grunde jeweils eine halbe Stunde vor Abfahrt bis eine Viertelstunde nach Abfahrt geöffnet werde.

Während der Bus in den Kehren der Paßstraße dröhnte, stand ich vor dem Posthäuschen, sah dem Mädchen zu, das hinter der Glasscheibe Briefe sortierte. Sie hatte dunkles Haar, ein schmales, blasses Gesicht und zierliche Hände, die flink mit den Briefen hantierten. Ich stand so lange, bis sie aufblickte.

Briefmarken kaufen, dachte ich. Früher hatte das immer Julia getan. Nach der Ankunft am Urlaubsort sofort Briefmarken kaufen, um ein Lebenszeichen nach Hause zu schicken, an meine Mutter, die damals noch lebte, und ihre Mutter, die damals noch lebte, und an Julias Freunde in der Sparkasse.

Was kostet eine Postkarte nach Deutschland? wollte ich das dunkle Mädchen fragen, als ich eintrat, ließ es aber bleiben, denn mir fiel ein, daß ich nicht schreiben durfte. Ein Lebenszeichen würde mich verraten. Alle in Hamburg, die Leute von Wulf & Sohn, Julia, mein Anwalt und das hohe Familiengericht, die Polizei und die Ämter, sie sollten glauben, ich sei in die Berge gefahren, von einer tausend Meter hohen Steilwand in die Tiefe gesprungen, dort in Stücke geborsten und verweht in alle Winde. Nur kein Lebenszeichen geben!

Das Mädchen blickte mich fragend an.

«Kann ich nach Deutschland telefonieren?»

Das sagte ich nur, um etwas zu sagen, weil ich nun mal

vor dem Schalter stand und nicht schweigend davongehen wollte.

Das Mädchen zeigte auf eine Kabine im hinteren Teil der Hütte. «Ich werde Ihnen eine Leitung nach Deutschland geben», sagte es, sagte es in einem lustigen Deutsch, das mir vertraut vorkam, das ich irgendwo gehört hatte. Als ich in der Kabine stand und auf die Leitung nach Deutschland wartete, wußte ich es. So sprach der Italiener, der in den Sommermonaten den Eisladen in unserer Straße besaß. Maraschinoeis war seine große Spezialität. Früher mochte Julia Maraschinoeis über alles. Das Mädchen klopfte heftig an die Scheibe, Deutschland war da. Ich nahm den Hörer ab, mir fiel nur eine Nummer ein. Während mein Zeigefinger die Wählscheibe drehte, beobachtete ich das Mädchen, wie es Briefmarken leckte, auf braune Geschäftsbriefe klebte und abstempelte. In Deutschland schrillte das Telefon.

Eine Schönheit war es gerade nicht, das Postmädchen von Casaccia, aber es kam mir überaus mild vor, weich und weiblich, und es hatte flinke Hände.

In Deutschland laute Radiomusik. In die Musik hinein Julias rauchige Stimme: «Komm her, wenn du kein Feigling bist!» Ich erschrak und legte auf. Das Mädchen blickte mich fragend an.

«Falsch verbunden?»

Ja, falsch verbunden.

Ich zahlte, was die Schweizer Post verlangte, und eilte benommen hinaus. Es wäre nun Zeit, weiterzufahren, diesen Ort zu verlassen, der plötzlich zum Bersten angefüllt war mit der lauten Radiomusik und Julias Stimme. Ob sie mich erkannt hatte? Galt der Feigling mir, oder war es nur eine dahergeredete Phrase? Seit Jahren sprach sie nur in Phrasen, in angelernten Sprüchen ohne Bedeu-

tung. Heute hatte sie zufällig den richtigen Satz getroffen.
Ja, ich war ein Feigling. Nur Feiglinge fahren einfach auf
und davon.

Der Motor rührte sich nicht. Ich könnte das Postmädchen
nach einer Werkstatt fragen, aber ich war ein Feigling. Ich
wagte mich nicht zurück in die Holzhütte, die angefüllt
war mit Julias Stimme. Ein Bauer trieb Kühe über die
Straße zu einem Fluß, der von Maloja kommend in einem
steinigen Bett talwärts stürmte. An der Tankstelle klopfte
er heftig gegen das Fenster und rief etwas, das ich nicht
verstand. Eine alte Frau öffnete. Der Bauer zeigte auf
mich und das Auto. Sie könne mir nicht helfen, sagte die
Frau. In einer Stunde komme ihr Sohn zurück, der kenne
sich aus in defekten Autos. Sie zeigte zum «Stampa».
Bis ihr Sohn komme, könne ich dort zu Mittag essen,
schlug sie vor, das «Stampa» sei bekannt für seine Wild-
gerichte.

Als einziger Gast saß ich im «Stampa», saß am Fenster
zur Straße hin, um mein Auto im Blick zu haben, hielt das
Besteck fest, wenn die Paßfahrer in die niedrigen Gänge
schalteten. Die Bedienung brachte mir die «Bündner Zeitung», ein friedliches Blatt, in dem die böse Welt nicht
vorkam. Die Zeitung berichtete über ein Schützentreffen
in Chur, der ältesten Stadt der Schweiz. Ein Schulausflug
in den Frühling des Graubündener Landes wurde er-
wähnt. Auf der Autostraße zum San Bernardino war ein
Lastwagen umgekippt, das einzige Unglück in dieser Zeitung. Unter «Der gute Hirte?» schrieb die «Bündner Zeitung» von einem Schäfer, der jenseits Zernez in einem
Anfall geistiger Umnachtung Benzin in seinem Schafstall
vergossen und Feuer gelegt habe. Wie brennende Fackeln
seien die Schafe ins Tal gerannt.

Zwei Flaschen Branntwein neben das Bett einer Alkoholikerin stellen ist so etwas Ähnliches wie Benzinvergießen im Schafstall. Aber Julia lebte noch. Ich hatte ihre Stimme gehört. Komm her, wenn du kein Feigling bist, hatte sie geschrien. Kinder und Betrunkene haben einen Schutzengel, sagt das Sprichwort. Es verschweigt, warum diese verdammten Engel nicht früher eingreifen, warum es erst soweit kommen muß. In Wahrheit retten nicht gute Hirten und Schutzengel die Betrunkenen, sondern die schlichte Ohnmacht. Die medizinischen Bücher nennen das die alkoholische Narkose, ein eingebauter Mechanismus, der verhindert, daß die unvernünftige Kreatur weitertrinkt, bis die tödliche Dosis erreicht ist.

Ich trank klares Wasser. Kein Calanda-Bräu, das die Bierdeckel im «Stampa» farbenfroh anpriesen, auch kein Stäga-Fäßli, das die Bedienung freundlich empfahl. Als Julia anfing, hörte ich auf. Fährst du heute nach Hause? fragt sie mich.

Nein, du bist dran, nüchtern zu bleiben, sage ich zu Julia. Ach bitte, fahr doch, fleht sie mich an.

Also gut, ich lasse mich überreden. Sie liegt apathisch auf dem Beifahrersitz, ihr Rock ist weit übers Knie gerutscht, aus ihrem Mund tropft es. Sie widert mich an.

Das ist mal ganz was Neues, sagt der Polizist bei der Verkehrskontrolle in der Alsterkrugchaussee. Sonst liegen die Männer dicke im Wagen, und die nüchternen Frauen fahren sie nach Hause.

Ich schäme mich, weil der Polizist sie so sieht.

Gegenüber machte sich ein junger Mann an meinem Auto zu schaffen. Ich verzichtete auf den Nachtisch, zahlte und ging zu ihm.

«Es ist wohl die Wasserpumpe», sagte er und schlug vor, ich solle noch ein wenig durch Casaccia spazieren.

Schlimmstenfalls müßte ich nach Promotogno, da gebe es eine richtige Werkstatt.

Ein Feldweg führte übers Dorf hinaus. Nach fünf Minuten stand ich mit den steinbeschwerten Dächern und dem Kirchturm auf gleicher Höhe. Unter mir der junge Mann, mein Auto und das Mädchen von der Post. Es schloß die Holzhütte ab, ging über die Straße, wechselte ein paar Worte mit meinem Mechaniker und verschwand im «Stampa». Die Post hatte Mittagspause.

Ein heißer Tag. Die Sonne stand über den Schneebergen und brannte gegen eine Felswand, die Casaccia nach Norden hin abschirmte. Die Felswand strahlte Wärme ab wie ein Kachelofen. Die warme Luft traf sich über dem Dorf mit der Kühle, die aus dem Flußlauf stieg. Es entstand ein Wirbel, der Staub und vorjährige Blätter in die Höhe riß und zum Malojapaß hinauftrug. Das da unten mußte die Maira sein, die wilde, die nach Süden zur Adria wollte, während die liebliche Julia jenseits der Berge in den Norden strömte. Wenn nicht gerade Autos in den Serpentinen lärmten, hörte ich ihr tosendes Wasser, das weißleuchtend aus den Felsen fiel. Reines, trinkbares Wasser stürzte auf den kleinen Ort zu, von drei Seiten fiel es und vereinigte sich zur reißenden Maira. Julia hätte längst die Bluse ausgezogen, um zu bräunen.

Es gab doch Menschen in Casaccia. Ich sah sie aus der Höhe. Sie arbeiteten hinter den Häusern in den Gärten. Dort spielten auch Kinder, und ein alter Mann hackte Holz.

Zwei Stunden unfreiwilliger Aufenthalt in Casaccia. Das Dorf mit seinem Überfluß an Wasser gefiel mir. Sollte ich bleiben? War ich weit genug von der Mündung der Julia in die Nordsee entfernt? Als ich zum Auto zurückkehrte, saß der junge Mann auf der Mauer neben seiner Tankstelle

und lachte mich an. Wir sollten die Werkstatt in Promotogno anrufen, meinte er und zeigte ins Tal hinunter.

«Machen Sie Urlaub im Bergell?»

Ich schüttelte den Kopf.

«Ja, so ist es leider. Die meisten bleiben oben in Sils oder
St. Moritz, oder sie durchfahren das Bergell, um zum
Comer See zu kommen. Dabei haben wir hier ein kleines
Paradies. Schauen Sie sich nur um.»

Er redete auf mich ein, als sei er mit der Erschließung des
Fremdenverkehrs beauftragt. Er nannte die Namen der
Berge und Dörfer, wohlklingende südliche Namen. Keine
zweitausend Menschen lebten im Bergell. Gesprochen
werde eine Mundart aus Rätoromanisch und Lombar-
disch, das Bargaiot, aber die Schriftsprache sei Italienisch.
Mit Deutsch käme man auch gut zurecht, ich brauchte da
keine Angst zu haben.

«Fahren Sie nach Como?» fragte er mich.

«Ich habe kein bestimmtes Ziel. Ich suche nur eine stille
Ecke, in der ich einen ganzen Sommer bleiben kann.»

Das überraschte ihn. Er sah mich zweifelnd an, schien zu
überlegen, was einen Mann meines Alters bewegen
mochte, sich einen Sommer lang in ein einsames Bergtal
zu verkriechen, dazu allein, ohne Frau, ohne einen Be-
gleiter.

«Soll ich mal telefonieren?» fragte er.

Ich dachte, er meinte die Werkstatt in Promotogno. Dann
hörte ich, daß er mit einer Person namens Renata sprach,
immer wieder fiel der Name Renata.

«Sie wird gleich kommen», sagte er nach dem Telefonge-
spräch.

Ich sah sie von einem Wiesenweg auf die Hauptstraße
biegen, eine Frau in Schwarz mit weißem Halstuch. Auf
dem Asphalt klapperten ihre Holzsandalen. Eine alte

Frau, dachte ich, aber jeder Schritt, der sie näher brachte, ließ sie jünger werden.

«Einen ganzen Sommer wollen Sie bleiben?» fragte sie in gebrochenem Deutsch.

Also ganz genau mochte ich mich nicht festlegen. Aber längere Zeit schon, ein paar Monate bestimmt, länger jedenfalls, als gewöhnliche Urlauber bleiben. Es hing davon ab, wie lange Julia zu leben gedachte.

«Ich werde Ihnen etwas zeigen», sagte Renata und winkte mir, ihr zu folgen.

Als wir die Straße überquerten, rief der junge Mann mir nach, er werde einen Monteur aus Promotogno bestellen. Dann ließ er die Motorhaube krachend fallen und ging, um zu telefonieren.

Renata führte mich zu einem Haus, das auf einer Wiese stand. Es schien das einzige Gebäude in Casaccia zu sein, das nicht im Mittelalter errichtet worden war. Junge Birken und Lärchen umgaben das Anwesen und eine weite, fast ebene Wiesenfläche voller weißblühender Blumen. Eine Hochspannungsleitung führte, aus dem Tal kommend, über Wiese und Haus hinaus in die Felswand.

«Professore, professore!» sagte Renata und zeigte zu den Fenstern im ersten Stock. Das Grundstück gehörte einem Professor aus Genf. Renata durfte es für ihn vermieten, allerdings nur die Räume im Parterre. Der erste Stock blieb reserviert für den Professor. Sie zeigte mir die Zimmer, erklärte, stockend nach deutschen Worten suchend, was Touristen wissen wollen, bevor sie eine Wohnung mieten. Sie komme einmal wöchentlich, um Staub zu saugen, die Wäsche zu wechseln und den Müll an die Straße zu stellen. Sie heiße Renata Frascetti und wohne im Haus Nummer 9 oberhalb der Kirche. Sie habe zwei kleine Kinder – Renata zeigte ihre Größe an der Tischkante –

und das Vertrauen des professore. Fünfhundert Franken monatlich koste die Parterrewohnung, die Garage mit eingeschlossen.

Ich feilschte nicht um den Preis, stellte keine Bedingungen, dachte nur, daß Julia begeistert gewesen wäre von dieser Ferienwohnung, damals, als sie sich noch begeistern konnte. Ein Wohnzimmer mit Eßecke, rustikale Stühle und Bänke. An der Sonnenseite führte eine Glastür auf die Terrasse, da könntest du stundenlang liegen und bräunen, Julia. Ein Bad, eine Küche mit Durchreiche und, völlig überflüssig, zwei Schlafzimmer. Das wäre nicht nötig gewesen, damals, als Julia sich noch begeistern konnte.

Es war heiß in den Räumen, Renata öffnete die Fenster, sie kannte das deutsche Wort Durchzug nicht. Bald flatterten die Vorhänge über der Wiese. Hinter dem Haus grasten Kühe, nicht schwarzweiße oder rotbunte, sondern hellgraue.

Weil die Kuhglocken dauernd bimmelten, müsse ich nachts die Fenster schließen, um in Ruhe schlafen zu könne, meinte Renata. Bald werde das Vieh in die Berge getrieben, dann sei es ganz still in Casaccia. Bis auf die Paßfahrer, die im Dorf in die niedrigen Gänge schalteten.

Zwei Steinwürfe vom Haus entfernt wuchs der Fels in den Himmel.

Das sei die Südseite des Piz Lunghin, erklärte Renata.

«Einen Arzt haben wir in Vicosoprano», sagte sie nach einer Pause.

Sah ich so aus, als hätte ich einen Arzt nötig? Erschien Julias Krankheit schon in meinem übernächtigten Gesicht?

«Werden Sie allein bleiben, oder kommt Ihre Familie nach?»

Meine Familie! O Renata, du hältst mich für einen Mann, der eine Familie besitzt, eine gesunde Frau und fröhliche Kinder! Von solchen Umständen wagte ich nicht einmal zu träumen. Als ich sagte, daß ich allein bleiben werde, blickte sie mich zweifelnd an.

Mach dir keine Sorgen, Renata. Werner Gersdorf ist Alleinsein gewohnt. Ich bin schon jahrelang allein. Auch wenn sie über mir schlief, wenn wir uns auf der Treppe begegneten oder in der Küche: immer allein.

Renata wollte wissen, in welchem Zimmer ich zu schlafen gedenke. Sie werde gleich das Bett beziehen. Ich entschied mich für die Steilwand im Norden, dachte daran, morgens und abends zum Sonnenaufgang und Sonnenuntergang im Bett zu liegen und bei geöffnetem Fenster über die Zehenspitzen hinweg diesen Berg zu betrachten, der so unverrückbar zwischen uns stand. Schneebedeckt und sauber, eine Grenze für jede Krankheit, eine Wasserscheide zwischen Julia und mir.

Du kannst nun gehen, Renata. Ich kenne den Kühlschrank und den Backofen. Ich weiß, wo die Mülltüten liegen und wie Warmwasser zubereitet wird. Ich möchte allein sein.

Durchs Fenster sah ich ihr nach, wie sie über die Wiese ins Dorf ging. Auf halbem Wege traf sie den jungen Mann von der Tankstelle. Sie standen da und palaverten. Sie sprechen über dich, schoß es mir durch den Kopf. Sie fragen sich, was du hier zu suchen hast. Sie halten dich für einen Maler, der einen Bergellsommer auf die Leinwand pinseln möchte. Oder für einen Kranken, der eine Kur nötig hat. Oder für einen Kriminellen, der in die Bergeinöde fliehen mußte. Jedenfalls sprechen sie über dich, Werner Gersdorf.

Ich muß ihnen etwas sagen, eine plausible Erklärung abgeben. Auf keinen Fall die Wahrheit sagen, denn die Wahrheit ist verräterisch. Mit der Wahrheit kommt eines Tages die Polizei und sagt: Werner Gersdorf, Sie werden in Hamburg gesucht wegen... Was könnte wohl in dem Papier stehen? Wegen Mord oder Totschlag oder wegen unterlassener Hilfeleistung, begangen an einer kleinen, hilflosen Person, oder einfach nur wegen Feigheit vor dem Feind? Ich mußte etwas Vernünftiges für Renata erfinden. Es sollte glaubhaft klingen, durfte aber nicht wahr sein.

Im Sessel sitzend, überschlug ich, wie lange ich hier leben könnte. Ein Jahr reichte das mitgebrachte Geld, wenn ich sparsam damit umging und nicht außergewöhnliche Unkosten für Auto oder Krankheit hinzukämen. Ein Jahr. Dann wäre ich 43 und sie 39, aber längst tot. So lange hält die Leber das nicht durch. Oder Julia steckt das Haus an und erstickt im Rauch, denn sie raucht jede Nacht. Auf dem Bettvorleger liegt morgens kalte Asche, die Kippen schwimmen im Waschbecken. Der Wohnzimmertisch, von ihr in den ersten Jahren so tapfer beschützt vor Rotwein- und Colaflecken, besitzt längst schwarze Brandlöcher. Schwarzer Rauch in der Küche: Julia hat ein Stück Brot im Toaster vergessen. Eine glühende Herdplatte. Sie berührt sie mit den Fingerspitzen, schreit wie ein Tier – wenigstens Schmerz empfindet sie noch – und läuft sechs Wochen mit nässenden Brandwunden herum. Nur nicht zum Arzt gehen! Ein Arzt könnte sagen: Liebe Frau Gersdorf, Sie habe nicht nur Brandwunden an den Fingerkuppen, Sie sind auch alkoholkrank und müssen sich dringend in Behandlung begeben.

Aber Julia braucht keinen Arzt. Julia ist kerngesund. In den letzten fünf Jahren ist sie niemals ernsthaft krank gewesen, keine Grippe, keine Mandelentzündung, keine

Frauenbeschwerden, eine strotzende Gesundheit inmitten des Verfalls.

Ich wachte auf, weil es draußen rüttelte. Die Fensterläden schlugen gegen die Hauswand. Eine Tür klapperte. Irgendwo vibrierte Glas. Auf der Terrasse raschelten alte Blätter, die der Wind in eine Ecke getrieben hatte. Ja, es war der Wind. Er riß an den Birken und ließ die Hochspannungsleitungen singen. Er kam von Maloja her und stürmte talwärts.

Draußen heller Tag. Ich zog die Vorhänge zur Seite, öffnete das Fenster, kroch zurück ins Bett, packte alle verfügbaren Kissen unter meinen Kopf und sah, mehr sitzend als liegend, die Felswand. Oben zeigte sich das erste Licht. Der Sonnenaufgang fand jenseits Casaccia über dem Malojapaß statt, doch trafen die Strahlen wie in einem Spiegelbild meinen Felsen und ließen ihn leuchten. Der Schnee blühte rötlich. Der Lichtstreifen wanderte ins Tal, drang in die graue Felswand, Minuten später brannten die ersten Baumspitzen in der Glut der aufgehenden Sonne.

Ich hätte mein Fernglas mitbringen sollen, um Ausschau zu halten nach Steinböcken oder Gemsenrudeln oben im Schneefeld. Ach, ich hatte so vieles vergessen. Den Fotoapparat zum Beispiel. Auch meinen Rasierapparat. Ich besaß keine Kopfschmerztablette, kein Pflaster für Schnitt- und Schürfwunden, nicht einmal ein Stück Seife. Kopfschmerzen am frühen Morgen, das hatte ich früher nie gehabt. Lag wohl an der Luftveränderung oder der Höhe, an den 1400 Metern über dem Meeresspiegel oder am vielen Denken. Ich hielt den Kopf unter die kalte Dusche, dann stellte ich mich ans Fenster und wartete auf den Sonnenaufgang in Casaccia.

Das Dorf blieb lange im kalten Schatten, aber plötzlich, als schaltete jemand einen Riesenscheinwerfer ein, flutete das Sonnenlicht in die Straßen, schoß durch die Fenstervorhänge in meine Küche, ließ Lampen und Spiegel hell aufleuchten. Ich spürte das Licht sogar hinter der geschlossenen Tür des Schlafzimmers, ein warmes Orange, das sogleich Wärme im Haus verbreitete. Was fehlte, war der Kaffeeduft, das verhaltene Klappern des Geschirrs im Wohnzimmer. Am Sonntagmorgen lange schlafen, mit geschlossenen Augen wach liegen und hören, wie Julia in der Küche hantiert. Im durchsichtigen Nachthemd kocht sie Kaffee. Ich höre jeden Schritt ihrer nackten Füße. Auf einmal steht sie in der Tür, lächelt mich an. Du kannst kommen.

Also Kaffee kochen. Wenn es weiter nichts wäre als Kaffee kochen. Das hatte ich gründlich gelernt mit den Jahren, ebenso das Alleinsein am Frühstückstisch, anschließend das Geschirr waschen und aus dem Haus gehen ohne Gruß.

Kaum war die Sonne da, hörte der Wind auf. Als hätte jemand am Maloja das Gebläse abgeschaltet. Mit dem Wind verschwanden auch die Geräusche. Kein Balken knisterte mehr, kein Wasserhahn tropfte, es fehlte der summende, wispernde Hintergrund der großen Stadt, in der es niemals still ist, dieses verhaltene Murmeln, das geschlossene Türen und Fenster durchdringt und den Einsamen das Gefühl gibt, nicht ganz allein zu sein. Ich hörte nur durchs geöffnete Schlafzimmerfenster das Wasser der Maira, das von einem Felsen fiel, unten weißschäumend aufschlug und abwärts stürmte.

Im Dorf begann ein Hund zu kläffen. Kühe wurden aus einem Stall getrieben, Kuhglocken bimmelten nahe vor meinem Fenster. Eine fremde Stimme schrie etwas in den

Morgen, meinte wohl das Vieh. Die Tiere standen auf dem Wiesenweg und glotzten mein Fenster an.

Also Kaffee kochen. Pulver ins Filterpapier schütten. Wasser für drei Tassen. Die Maschine einschalten. Während das Gerät arbeitete, putzte ich die Zähne, trat mit nacktem Oberkörper auf die Terrasse. Ja, der Wind war eingeschlafen, und schon stand die Wärme auf der Terrasse. Julia hätte bräunen können. Julia hätte das Frühstück nach draußen verlegt, wie immer an schönen Sommertagen. Über mir warf der Balkon des Professors einen mächtigen Schatten gegen die Hauswand, aus den Blumenkästen des Professors tropfte es auf die Gartenstühle. An der Tankstelle schräg gegenüber fertigte der junge Mann die ersten Autos ab. Als er mich entdeckte, winkte er. Renata brachte ihr Kind zum Schulbus.

Das Mädchen von der Post kam mit einem sehr kleinen Auto aus dem Tal, parkte hinter der Holzhütte, schloß auf und verschwand im Posthaus von Casaccia, um Fahrkarten und Briefmarken zu verkaufen und Telefonverbindungen herzustellen.

Als ich frühstückte, kam der junge Mann. Er stand plötzlich auf der Terrasse und lachte durch die Scheibe. Die Wasserpumpe sei defekt, sagte er. Der Monteur aus Promotogno werde eine neue einsetzen. Danach werde er das Auto in meine Garage fahren. Ich brauchte nicht zu warten. Wenn ich nicht da sei, werde er Renata bitten, die Garage aufzuschließen. Renata habe den Schlüssel.

Mein erster Spaziergang führte hinauf zum Wasserfall. Stille Wärme hing über dem Bergell, ein hellblauer Himmel stieß sich an den Bergkanten, verschmolz mit dem Eis der Gletscher. Ein Wegweiser zeigte zum Septimerpaß. Die Kühe grasten gemächlich bergwärts. Ich vergoß Unmengen Schweiß, aß Schnee, den ich in schattigen Nischen noch fand, und kühlte meine Stirn. Neben dem Wasserfall legte ich mich ins Gras, entblößte meinen Oberkörper, um zu bräunen wie Julia. Nur nicht einschlafen, dachte ich, sonst rollst du im Traum den Felsen hinab.

Mir gegenüber ein gewaltiger Damm, eine Staumauer, die mir gestern nicht aufgefallen war. Sie riegelte das Tal ab. Hinter der Mauer lag ein See in der Winterstarre, von Gletschern umgeben. Unterhalb der Staumauer Casaccia, ein Dorf aus dem Spielbaukasten, bedroht von dieser Mauer und dem Wasser hinter der Mauer.

Von Italien her quoll warmer Dunst ins Bergell. Eine Waschküche über dem Comer See, der, für mich unsichtbar, am Ausgang des Tales liegen mußte. Bevor die Wolken Casaccia erreichten, verflüchtigten sie sich in der Höhenluft. Casaccia lag in ungetrübter Sonne und ich über Casaccia. Befreit wie lange nicht. Um mich eine Landschaft, die zu trösten vermochte. Vielleicht heilte sie auch.

Unten brachte der junge Mann mein Auto. Renata kam und schloß die Garage auf. Er fuhr den Wagen hinein. Anschließend standen sie vor dem Haus und sprachen miteinander, bestimmt wieder über mich.

Der Schaden war behoben. Ich könnte nun weiterfahren zu den Seychellen. Oder in noch einsamere Täler. Aber ich beschloß, in Casaccia zu bleiben, bis ich geheilt war von Julias Krankheit.

Renata brachte den Anmeldezettel. Sie kam, als es schon dunkelte, mit ihren beiden Kindern. Die Kleinen, ein Junge und ein Mädchen, klammerten sich an ihre Schürze, das Mädchen lachte mich an, der Junge hielt sich ängstlich hinter der Mutter.

«Es ist Vorschrift», sagte Renata.

Ich bat sie, das Formular auf den Tisch zu legen, gab mir Mühe, mein Erschrecken zu verbergen. Wenn ich meinen Namen in dieses Papier schriebe, fänden sie mich. Werner Gersdorf käme in die großen Listen, die Computer nähmen sich seiner an, auf Abruf wäre er da.

«Es hat keine Eile», sagte Renata. Dann ging sie und ließ mich allein mit dem Zettel.

Ich redete mir ein, nichts Unrechtes getan zu haben. Was war denn geschehen? Ich hatte Geld vom Konto abgehoben, das mir gehörte, war in einem Auto davongefahren, das auf meinen Namen zugelassen war, hatte mit meinem gültigen Paß die Schweizer Grenze überquert, mich in einem winzigen Dorf mit sechzig Seelen eingemietet und für einen Sommer bezahlt. Warum sollten sie mich suchen?

Der unausgefüllte Meldezettel lag auf dem Tisch und wartete. Name... Wohnort... Staatsangehörigkeit... Aufenthaltsdauer... Falls in Begleitung der Ehefrau, Vor- und Geburtsname der Frau angeben... Diese Rubrik können wir gleich streichen.

Gab es einen Paragraphen gegen das Verlassen einer Alkoholikerin? Steht im Gesetz, daß niemand einen Kühlschrank mit zweiunddreißigprozentigem Fusel vollstopfen, zwei Flaschen Branntwein neben ihr Bett und einen Kasten Bier zur gefälligen Bedienung auf den guten Wohnzimmertisch stellen darf? Sie werden es so sehen, als hätte er ein neugeborenes Kind ausgesetzt, ihm keine finanziellen Mittel zurückgelassen. Die Konten leer. Von Wulf & Sohn kommt nichts, weil Prokurist Gersdorf auf und davon ist. Fürs Auf-und-Davon gibt es keine Lohnfortzahlung.

Julia geht zum Sozialamt, um ein paar Mark für Brot und Alkohol zu erbetteln.

Wo steckt denn Ihr Mann, Frau Gersdorf? Der ist doch unterhaltspflichtig.

Der ist abgehauen, der Feigling, einfach abgehauen.

Nicht die Polizei, das Sozialamt wird mich suchen, um das verdammte Geld zurückzufordern. Sie geben es ihr und holen es von mir zurück, denn ich schulde es ihnen. Deshalb durfte ich dieses Formular nicht ausfüllen. Es brächte mich in den Computer und in die Hände des Sozialamts.

Dummes Zeug! Die paar Mark sind doch belanglos, redete ich mir ein. Da hätten die viel zu tun, wenn sie allen Unterhaltspflichtigen nachlaufen wollten bis zu den Seychellen oder ins Bergell. Tausende steigen aus, verschwinden auf Nimmerwiedersehen, warum nicht Werner Gersdorf? Um das bißchen Geld vom Sozialamt veranstaltet doch keiner eine Fahndung.

Die Nacht über lag das Papier auf dem Tisch und störte meinen Schlaf. Bevor ich meinen Namen preisgab, besuchte ich das Postmädchen und bat um eine Leitung nach Deutschland. Das geschah am nächsten Morgen.

«Bitte wählen Sie», sagte das Postmädchen und lächelte mich durch die Scheibe an.

Julias Anschluß war besetzt. Ich wartete fünf Minuten. Danach immer noch das Besetztzeichen. Da liegt sie nun in ihrem Rausch und hat vergessen, den Hörer aufzulegen. Der Teppich naß, die Tischdecke auf dem Fußboden, ein halbvolles Glas neben dem Telefon, immer in Gefahr zu stürzen, das Glas, das Telefon, die Frau.

Als ich zahlen wollte, schüttelte das Mädchen den Kopf.

«Es ist doch keine Verbindung zustande gekommen.»

Ach ja, keine Verbindung.

Ich lief ziellos durch das Dorf, mied den unausgefüllten Zettel, wußte nicht, was ich hineinschreiben sollte.

Plötzlich fiel mir die Wahrheit ein: Ich hatte Angst vor Julia. Wenn sie mir nachkäme! Schwankend steigt sie aus dem Postbus von St. Moritz. Eine Frau mittleren Alters, früher blond, jetzt farblos, früher blaue, jetzt graue Augen. Rote Flecken im Gesicht. Ein Zahn fehlt, Tränensäcke unter den Augen. Sie trägt eine lange, schwarze Hose und eine blaue Bluse mit kurzen Ärmeln. Arme wie Bohnenstangen. Kaum steht sie auf der Straße, greift sie in die Tasche nach der Zigarettenschachtel. Das erste Streichholz erlischt. Ihre Hand zittert. Drei Streichhölzer braucht sie für eine Zigarette. Da bist du ja, du Feigling! schreit sie, als sie mich sieht.

Das Mädchen von der Post blickt verwundert aus dem Fenster. Die Leute im Bus lachen. Der Fahrer hupt. Werner Gersdorf versinkt im Erdboden.

Nicht auszudenken, wenn sie käme!

Sie nähert sich meinem Haus. Unsicher tapst sie den Schotterweg entlang. Renata schickt die Kinder ins Haus, damit sie nicht erschrecken. Auf dem Wiesenweg bleibt sie stehen, blickt zu meinem Fenster.

Komm raus, du Frosch! schreit Julia.

Renata bekreuzigt sich. Der Professor erscheint kopfschüttelnd auf seinem Balkon.

Ich werde einen Felsen nehmen und sie erschlagen. Danach laufe ich zum Septimer hinauf und springe in den Wasserfall, um mich zu reinigen.

Hastig schloß ich die Tür auf und verriegelte sie hinter mir. Noch immer der unausgefüllte Zettel auf dem Tisch. Ich zog die Vorhänge zu, nahm im Sessel Platz und begann zu schreiben. Dann war es mir, als hörte ich oben Schritte. War der Professor gekommen? Oder sah Renata nach dem Rechten. Oder war es der Wind, der wieder am Dachgebälk riß. Jeden Morgen kam er wie ein stürmischer Geist, wehte bergwärts, wenn die Sonne den Felsen beschien, riß an den Birken und ließ Staubfontänen auf den Wanderwegen kräuseln. Eine Stunde lang nahm er an Heftigkeit zu, danach verstummte er.

Erst am Abend rüttelte er wieder und sang in den Hochspannungsdrähten, fegte durchs Bergell und ertrank im Comer See.

Ausgeschlossen, daß Julia jemals ins Bergell käme. Das wären an die zwölfhundert Kilometer. So weit reist sie nicht mehr. Bis Basel vielleicht, ja, das ginge. Sie brauchte nur in Hamburg in den Intercity zu steigen. In Basel findet das Reinigungspersonal Julia im Zug. Man bringt sie zur Bahnhofsmission.

Wo wollen Sie denn hin?

Ich suche meinen Mann, stammelt sie. Der ist abgehauen, einfach abgehauen.

Glücklicherweise besaß das Bergell keinen Bahnanschluß. St. Moritz wäre letzte Station. Dort müßte sie in den Postbus umsteigen. Das schafft sie nie. Auch war ich sicher, der gelbe PTT-Bus, wenn sie ihn wirklich bekäme, würde von der Straße abkommen, in die brausende Maira stürzen, in den Serpentinen geradeaus fahren. Nein, das Bergell erreicht Julia niemals. Dieses Paradies mit seinem klaren, trinkbaren Wasser ist gesperrt für Dämonen.

Niemand war in den Räumen des Professors. Was ich gehört hatte, war der Wind. Die Äste einer Birke schlugen gegen das Dachholz. Das war es.

Ich saß, den Kopf auf die Fäuste gestützt, und studierte Renatas Anmeldeformular, las es immer wieder in seinen drei Sprachen, legte meinen Reisepaß dazu. Sah ich mir noch ähnlich? Maß ich noch einen Meter siebzig, wie es im Paß stand, oder war ich schon etwas in den Erdboden gesunken? Besaß ich noch blaue Augen und ein auffallend schmales Gesicht? War das Haar noch dunkel oder schon aschgrau? Hier das Paßfoto, dort mein wahres Gesicht im Spiegel. Glatt rasiert das eine, voller Bartstoppeln das andere. Du siehst aus wie einer jener Desperados, die in Westernfilmen vorkommen, sagte ich mir und versuchte zu lachen. Es wird Zeit, daß Werner Gersdorf sich einen Rasierapparat kauft, weil er sonst auffällt im Bergell.

Julia hatte sich ihren Reisepaß kurz nach der Hochzeit ausstellen lassen. Mit einem lieblichen Bild. Weiß Gott, es gab nur wenige Reisepässe mit einem so hübschen Gesicht. Ihr blondes Haar fiel auf die Schultern. Julia lächelte, der Mund war halb geöffnet, einladend so ein Mund. Später geschah es, daß Zweifel geäußert wurden, ob Paßbesitzerin und die auf dem Foto abgebildete Frau identisch seien. Sie hatte einen Ausflug nach Harwich mit der «Prinz Hamlet» gebucht, ein Sonderangebot der Prinzenlinie. Ohne mein Wissen fuhr sie und bezahlte mit einem Scheck aus meinem Scheckbuch. Alkoholiker fahren gern mit der «Prinz Hamlet», weil es da rund um die Uhr zollfreie Getränke gibt. Billig! Billig! In Harwich trieb sie sich bis zur Rückfahrt in den Docks herum.

Ich sitze mit Timmann im Programmierraum von Wulf & Sohn. Kennst du den? fragt Timmann. Kommt einer mit 'nem besoffenen Kopp nach Hause und kriegt den Schlüssel nicht in die Haustür. Ein Passant fragt, ob er helfen soll. Nee, sagt der Betrunkene, das Schlüsselloch find' ich schon, bloß wenn du für mich mal das Haus festhalten könntest.

Bevor Timmann lachen kann – er lacht immer zuerst über seine Witze –, stellt die Zentrale ein Gespräch für mich durch. Am Apparat ist die Hamburger Hafenpolizei.

Sie müssen Ihre Frau abholen, sie ist krank, höre ich eine Männerstimme.

Mit dem Auto rase ich zu den Landungsbrücken. Die «Prinz Hamlet» liegt fest vertäut, die Passagiere haben sich verlaufen, nur ein paar Spaziergänger stehen noch oben an Brücke 6 und sehen Julias Heimkehr zu. Ein Offizier in makelloser Uniform empfängt mich an der Gangway.

Sind Sie der Mann, der seine betrunkene Frau abholen will? Ja, der bin ich.

Sei müssen sie erst identifizieren. Wir haben einen Reisepaß bei ihr gefunden, aber uns sind Bedenken gekommen, ob es dieselbe Frau ist.

Auf einen Wink des Offiziers bringen zwei starke Matrosen Julia vom Schiff. Sie schreit und tobt, krallt sich in die Arme der Männer, will beißen und kratzen.

Das ist meine Frau, sage ich.

Der Offizier klappt den Reisepaß zu und gibt ihn mir.

Als Julia mich sieht, wird sie ruhiger. Sag den Gorillas, sie sollen mich nicht mehr anfassen, bittet sie leise.

Die Matrosen lassen sie los. Sie fängt sich, fällt nicht, nein, Julia steht aufrecht wie der Schornstein des Schiffes. Sie kommt auf mich zu, berührt meinen Arm, fast zärtlich hängt sie sich an mich und läßt sich zum Auto führen, ein Auftritt, der auch etwas Rührendes in mir zurückläßt. Es war wohl die letzte Gemeinsamkeit, an die ich mich erinnern kann, dieser Weg von vierzig Schritten zu meinem Auto.

Im Wagen schläft sie gleich ein. Ich trage sie wie ein Kind ins Haus, wie eine Braut, aber nicht in Weiß. Aus ihrem Mund leckt Speichel. Auf der Treppe verliert sie den linken Schuh. Ich lege sie auf die Couch, breite Handtücher neben ihr aus und ein sauberes Laken auf dem guten Teppich. Sie liegt da mit geschlossenen Augen und atmet schwer, ich sitze neben ihr und denke nach.

Auf einmal ruft Wulf & Sohn an.

Kommen Sie heute noch, Herr Gersdorf?

Ich hätte nein sagen und mich vor Julia auf das Laken werfen müssen. Aber das verdammte Programm muß fertig werden. Also fahre ich und denke an Julia. Während der Arbeit erzählt Timmann Alkoholikerwitze. Ein Bauer kommt jede Nacht betrunken aus der Kneipe und zieht singend über den Friedhof nach Hause. Seine Frau fragt den Pfarrer um Rat.

Nehmen Sie ein weißes Laken, gute Frau, und stellen Sie sich damit an die Friedhofsmauer. Wenn er kommt, erschrecken Sie ihn, das wird helfen. Sie steht um Mitternacht weiß verkleidet an der Friedhofsmauer. Der Mann kommt singend aus der Kneipe. Wer bist du? fragt er, als er das Gespenst sieht. Ich bin der Teufel, antwortet die Frau. Der Bauer denkt nach, überlegt, dann geht er zu der weißen Gestalt und reicht ihr die Hand. Schlag ein, Schwager, du gehörst zu meiner Familie, ich habe deine Schwester geheiratet!

Diesmal großes Gelächter im Programmierraum, nur ich beiße mir auf die Lippen. Bis zwanzig Uhr arbeiten wir. Ich spendiere jedem eine Flasche Bier und fahre schnell nach Hause. Als ich ankomme, empfängt mich Dunkelheit. Julia ist längst fort, hat nicht erbrochen, keine Gläser umgeworfen, nicht den Teppich beschmutzt. Nur der Telefonhörer baumelt im Raum. Ich sammle die ausgelegten Handtücher ein und weine.

In Renatas Anmeldeformular schrieb ich die halbe Wahrheit. Werner, schrieb ich, aber nicht Gersdorf, Hamburg schrieb ich, aber nicht meine Straße. Die Unterschrift unleserlich, die Endziffern der Paßnummer absichtlich vertauscht, das kann vorkommen. Voraussichtliche Aufenthaltsdauer vier Monate, schrieb ich und legte das Formular auf das Schränkchen am Eingang. Am nächsten Morgen nahm Renata den Zettel fort. Sie fragte nicht, ließ sich nicht den Paß zeigen, um die Daten zu vergleichen.

«O Hamburgo!» sagte sie nur und lachte mich vielsagend an, als wisse sie genau, daß das eine ferne exotische Stadt sei, schön und groß und aufregend, eine Stadt, in die man gern reisen möchte, wenn die friedliche Stille des Bergell nicht länger zu ertragen ist. Ich hatte keinen Sinn mehr für solche Zerstreuung, ich sah nur die Stadt, in der ihr Dämon hauste und das Schiff lag, von dem sie Julia getragen hatten. Renata brachte mir ein Buch über das Bergell. Ich las, daß hier die römischen Heere nach Germanien durchgezogen seien. Casaccia war Ausgangspunkt für den Marsch über den Septimerpaß. An dem Wasserfall hinter meinem Haus haben die Legionäre ihre Füße gewaschen.

Ich fragte Renata, was das für ein Obelisk sei dort oben am Hang.

Sie wußte es nicht. Als sie Kind war, hatte der sonderbare Turm schon dagestanden. Mir kam er vor wie die letzte Säule eines Palazzos, ein grauer, knöcheriger Finger, der aus blühenden Wiesen zum Piz Lunghin zeigt, oft lagerte Vieh in seinem Schatten.

Wichtiger war Renata der Albigna-Staudamm gegenüber. Man könnte zu ihm hinaufwandern oder hinauffahren mit der Seilbahn von Pranzaira aus. Mein Mann arbeitet dort oben, sagte Renata.

Ach ja, Renate hatte einen Mann. Das hatte ich fast vergessen. Der kam jeden Freitagabend nach Casaccia und blieb bis Montagmorgen. Am Sonntagvormittag spazierte er, während Renata das Mittagessen zubereitete, mit den Kindern über die Wiese an meinem Haus vorbei. Doch ist es nie dazu gekommen, daß wir ein Wort miteinander gesprochen hätten.

Was morgens und abends an den Fensterläden rüttele, sei der Malojawind, beruhigte mich Renata. Er komme so regelmäßig wie der Postbus. Der professore habe ihr die physikalischen Zusammenhänge erklärt, doch wisse sie es in deutscher Sprache nicht recht wiederzugeben. Es hänge wohl damit zusammen, daß die Sonne morgens und abends die Luft oben an den Felswänden erwärme, während es unten im Tal kühl sei. Das ergebe diesen Sog wie in einem Kamin.

Mit Renatas Büchlein in der Hand genoß ich die Wärme des frühen Sommers, das Nichtstun, Träumen und Wandern. Alles Quälende fiel von mir ab, die Krankheit heilte. Stunden lag ich im Gras und beobachtete die Krähen, wie sie sich lautlos von den Fichten lösten und ohne Flügelschlag über das Dorf schwebten. Vergeblich suchte ich Gemsen. Renata sagte, es gebe sie in großer Zahl an den östlichen Hängen, aber für mich blieben sie unsichtbar. Ich entdeckte nur unbewegliche Felsen und alten Schnee, der so viel klares Wasser hergab. Nur abends, wenn ich von meinen Streifzügen heimkehrte, auf der Terrasse das Essen einnahm, viel klares Wasser trinkend, tauchten die alten Bilder auf. Kleinigkeiten waren es, die mich an sie erinnerten. Zum Beispiel der Tomatensaft. Als ich vor Jahren das Bier abschaffte, nahm ich als Ersatzgetränk den Tomatensaft. Im Bergell fand ich die gleichen Dosen, Beschriftung in drei Sprachen, Inhalt 400 Gramm. Die Spitze des Dosenöffners bohrte sich in das Blech, der strenge Geruch des würzigen Tomatenmarks verbreitete sich im Raum, und mir fiel unsere Küche ein, in der ich einsam gewirtschaftet hatte, während Julia ihrer Wege ging. Immer seltener trafen wir uns in der Küche. Wenn es

geschah, gab es kein Gespräch, rauschte nur der Wasserhahn, summte die Abzugshaube, klapperte ein Deckel
über kochendem Wasser.

Um sechs Uhr abends mußte ich fertig sein mit dem Essen.
Um diese Zeit kam der Bus von St. Moritz, hielt vor dem
Posthäuschen, das Mädchen holte Briefe und gab Briefe
mit. Wenn der Bus fort war, ging ich, um zu telefonieren.
Das Postmädchen kannte mich schon, gab mir jeden
Abend unaufgefordert eine Leitung nach Deutschland,
wunderte sich nicht mehr darüber, daß ich kein Wort am
Telefon sprach. Er fragt die Glückszahlen der Lotterie ab,
hat das Mädchen wohl gedacht. Oder den Ausgang von
Pferderennen, Börsenkurse oder Wasserstandsberichte.
Meistens meldete sich niemand. Ich ließ es einige Male
läuten, hängte ein, ging an den Schalter, um zu zahlen.
«Sie haben ja keine Verbindung gehabt, das kostet
nichts», sagte das Mädchen.
Ach ja, keine Verbindung.
Manchmal dröhnte mir das Besetztzeichen entgegen. Für
mich war das ein Hinweis, daß sie noch lebte und in der
Lage war, zu telefonieren oder wenigstens den Hörer ab-
zunehmen.
Es kam vor, daß sie abnahm und kein Wort sprach, nur
Musik spielen ließ. Einmal schrie sie: «Ihr habt ja alle kei-
ne Ahnung!»
An einem Sonntag kurz nach 18 Uhr meldete sich ein
fremder Mann.
«Is keiner da», lallte er.
Das werde ich nie verstehen. Während mich der Ekel
überfiel, ich es nicht mehr über mich brachte, sie zu berühren, weder nackt noch angezogen, fand sie immer wieder
Männer, die an ihrem Zustand nichts auszusetzen hatten,
die eine alkoholisierte Frau, die nicht ganz bei Sinnen ist

und unflätiges Zeug redet, für anziehend hielten. Wie die Tiere, dachte ich. Sie traf sie auf ihren abendlichen Streifzügen in den Kneipen, Kerle, von der gleichen Krankheit befallen. Betrunkene bringen Betrunkene nach Hause und umarmen unterwegs Laternenpfähle.

Ich sehe mich unser Haus betreten, Julia geht nackt und häßlich im Wohnzimmer spazieren, ein Glas in der Hand. Und was macht Werner Gersdorf? Er verläßt fluchtartig den Raum, stürzt ins Badezimmer und hält seinen Kopf unter die Dusche.

Warum diese täglichen Anrufe, dieses stumme Lauschen über tausend Kilometer hinweg? Ich redete mir ein, es wäre eine Art Nach-dem-Rechten-Sehen. Aber wenn ich es ehrlich bedenke, so wartete ich nur darauf, eines Abends kurz nach 18 Uhr eine klare, nüchterne Stimme sagen zu hören: Hier bei Gersdorf. Ich muß Ihnen leider die betrübliche Mitteilung machen, daß Frau Gersdorf heute nacht verstorben ist.

In einem solchen Falle wäre ich sofort hinaufgefahren, um Julia noch einmal zu sehen, bevor sie verbrannt wird. Ich stellte mir vor, der Dämon werde sie im Tode verlassen. Alle Blumen unseres Gartens wollte ich für sie pflücken, um ein Fest mit ihr zu feiern. Ich hätte sie noch einmal getragen, wie ich sie als Braut getragen habe, hätte sie in einem gläsernen Sarg bis nach Ohlsdorf getragen. Unterwegs stolpern die tüchtigen Zwerge, der giftige Apfel fällt aus ihrem Mund, sie erwacht, sieht schöner aus als je zuvor, und der Spiegel an der Wand beschlägt nicht mehr bei ihrem Anblick.

Renata verbreitete das Gerücht, ich schriebe an einem wichtigen Werk. Ich hätte mich ins Bergell zurückgezogen, um die nötige Ruhe zu finden. Der Deutsche, der für sich allein lebe, werde wohl auch ein professore werden wie der aus Genf, der nur vor seinen Büchern sitze und schreibe.

Du meinst es gut mit mir, Renata. Aber die Wahrheit ist, daß ich außer meinem Kopf und einigen harmlosen Büchern nichts mitgenommen habe, um mich zu beschäftigen, kein Handbuch der Computertechnik, kein Material für eine Diplomarbeit. Vielleicht sollte ich Julias lange, traurige Geschichte aufschreiben. Doch Schreiben liegt mir nicht, auch würde es mich täglich an unser Elend erinnern.

Nein, ich langweile mich nicht. Jeden Morgen spaziere ich, sobald der Wind seine Kraft verausgabt hatte, einen der Wanderwege hinauf, entweder zum Maloja oder abwärts mit der wilden Maira. Ich hielt mich an den Hängen, wo die Feuerlilien leuchteten, legte mich auf die Lauer, um Murmeltiere zu belauschen, deren schrilles Pfeifen mich immer wieder erschreckte. Erschöpft kehrte ich mittags heim, aß, was im Hause war, schlief manchmal auch eine Stunde, saß danach auf der Terrasse, schaute hinauf zum Albigna-Staudamm oder las die einfachsten Bücher, vor allem Heiteres und Abenteuerliches. Bis der Abendwind an den Birken rüttelte und mir ein Zeichen gab, ins Dorf zu gehen, ein paar Lebensmittel zu kaufen, bevor der Laden schloß, das Postmädchen um eine Leitung nach Deutschland zu bitten, Verbindungen zu suchen, die es nicht mehr gab. Bevor es Nacht wurde, ging ich stets zum Fluß, dessen angenehme Kühle mir wohltat. Da saß ich und wartete auf die ersten Sterne. Wenn ich den Polarstern über dem Piz Lunghin gefunden hatte, wußte ich genau, wo Norden lag.

Eines Morgens trieben sie das Vieh in die Berge. Die alten Leute versammelten sich vor dem Hotel «Stampa», schwatzten und rauchten. Als sie genug palavert hatten, öffneten sie die Ställe. Der Zug kam an meinem Haus vorbei. Ich fragte, ob sie mich mitnähmen. Ja, ich müßte nur gutes Schuhwerk anziehen und mir einen dicken Stock besorgen.

Wir trieben die Rinder hinauf zum Septimer. Hinter den Wasserfällen öffnete sich ein Hochtal. Hier muß zur Römerzeit ein Hospiz gestanden haben, sagte mir Renatas kluges Buch. Im Mittelalter sei der Wanderweg noch eine feste Wagenstraße gewesen, aber als im 16. Jahrhundert der Malojapaß eröffnet wurde, verkam der Septimer zu einem Saumpfad.

Wir sprachen wenig miteinander, weil wir uns kaum verständlich machen konnten. Anders als Renata beherrschten sie nur ihr einheimisches Bargaiot und ich mein nordisches Deutsch. Mittags kamen wir zusammen, saßen im Kreis auf kalten Steinen. Sie gaben mir Brot und Fleisch, auch bitteren Kaffee und lachten viel, die alten Leute von Casaccia. Sie sprachen über das Vieh, über die Berge und die Wanderer, die von Norden über den Septimer kamen und uns grüßten, sicher sprachen sie auch über mich.

Am Nachmittag besserten wir die Unterstände aus, in die das Vieh sich retten sollte, wenn in den Bergen das Gewitter tobte. Ich kletterte in die blühende Einöde, schichtete Steine aufeinander und bestieg Dächer, um die im Winter verrutschten Platten zu befestigen. Ich bekam rauhe, schmutzige Hände und brach mehrere Fingernägel ab.

Jemand bot mir Obstwasser an. Ich schüttelte den Kopf, zeigte auf die Bäche, angefüllt mit klarstem Wasser. Er trank allein, lachte und rief mir etwas zu, das ich nicht verstand. «Wasser kannst du immer noch trinken», übersetzte ein anderer.

Erschöpft wanderte ich mit ihnen talwärts, beseelt von dem schönen Gefühl, einen Tag sinnvoll ausgefüllt zu haben. Ich werde gut schlafen, dachte ich, ich werde beim Abendessen einschlafen und heute nicht mit Deutschland telefonieren. Aber dann kam Renata und klopfte an mein Fenster.

«Die Leute warten», sagte sie. «In jedem Jahr feiern sie den Almauftrieb im ‹Stampa› mit Essen und Trinken. Sie sind eingeladen, professore.»

Da saßen sie an langen Tischen. Gebräunte Gesichter. Entstellende Zahnlücken. Aber schon heiter von einem roten Getränk, das auf den Tischen stand. Quälender Rauch umhüllte die Runde.

«Der professore kommt!» rief einer.

Sie erhoben sich alle.

Einer führte mich zu einem freien Platz, ein anderer brachte mir ein Glas, randvoll mit jener roten Flüssigkeit.

«Montagne!» sagte er.

Der strenge Geruch von Rotwein stieg mir in die Nase. Abwehrend hob ich die Hände. Ich war hergekommen, um klares Wasser zu trinken, das die Berge hergaben, das in unzähligen Bächen und Rinnsalen ins Dorf plätscherte, aber nicht dieses rote Zeug. Das verstanden sie nicht. Wie sollte ich es ihnen erklären? Sie haben nicht gesehen, was ich gesehen habe, eine Frau im Rotwein liegend, wie blutbesudelt, und der ganze Raum erfüllt mit diesem penetranten Gestank aus der roten Flasche.

Sie drängten mir das Glas auf. Sie hoben ihre rotgefüllten Gläser, um mit mir anzustoßen. Und ich? Ich wollte sie nicht verletzen und trank das rote Zeug. Es schmeckte bitter. Sie sahen, wie bitter es mir schmeckte, und lachten über mich. «Das zweite Glas schmeckt besser», meinte einer.

Ja, ich kannte das, die zweite Flasche schmeckte noch besser, und ab der dritten Flasche hörte jeder Geschmack auf. Das Zeug stieg mir zu Kopf. Ich wußte sofort, daß ich mich an diesem Abend noch würde übergeben müssen. Seit zwei Jahren keinen Tropfen Alkohol getrunken und nun dieses bittere Rot. Um genau zu sein, seit einem Mittwoch im Februar vor zwei Jahren, dem letzten Mittwoch vor dem 15. Wegen der sechswöchigen Kündigungsfrist zum 31. März.

Der Direktor ihrer Sparkassenfiliale ruft bei Wulf & Sohn an. Herr Gersdorf, ich möchte Sie gern sprechen.

Zusammen mit meiner Frau?

Nein, bitte ohne Ihre Frau!

Unser Gespräch also am Mittwoch vor dem 15. Februar nach Geschäftsschluß. Julia weiß nichts davon. Ein Blumenstrauß auf dem Schreibtisch des Sparkassendirektors, gelbleuchtende Forsythien.

Rauchen Sie, Herr Gersdorf?

Nein, danke.

Trinken Sie? fragt er nicht.

Sie müssen sich mehr um Ihre Frau kümmern, Herr Gersdorf. Wir haben den Eindruck, daß sie alkoholkrank ist.

Er zählt auf, worauf die Sparkasse diesen Eindruck gründet. Eine angebrochene Flasche Cognac in Julias Schreibtisch. Im Ablageraum, versteckt hinter Aktenordnern, eine Sammlung von Flachmännern. Ein Kollege hat sie in der Mittagspause im Bahnhof gesehen. Sie kaufte am Kiosk eine kleine Flasche und verschwand damit in der Bahnhofstoilette.

Wie die Dinge liegen, können wir Ihre Frau nicht mehr am Schalter beschäftigen, Herr Gersdorf. Wegen der Kunden, verstehen Sie?

Haben Sie schon mit ihr gesprochen? frage ich.

Er schüttelt den Kopf.

Gespräche mit Alkoholikern seien fruchtlos, sagt er. Das wisse er aus langer Berufspraxis. Sie versprächen den Himmel auf Erden, könnten ihr Versprechen aber nicht halten.

Die Kündigung kommt fristgemäß vor dem 15. Februar zum 31. März. Wegen der Kunden natürlich, nur wegen der Kunden. Bis zum 31. März wird sie beurlaubt, denn sie haben keine Verwendung mehr für sie. Alle, die in einer Sparkasse arbeiten, haben mit Kunden zu tun.

Nach der Kündigung telefoniere ich mit ihm. Ob die Sparkasse Julia wieder einstellt, wenn sie eine Entziehungskur macht, frage ich.

Ja, wenn Sie das schaffen, sagt er, kann Ihre Frau sich wieder bewerben. Wir werden es wohlwollend prüfen.

Ich spüre, wie der Telefonhörer zittert.

Sie müssen etwas unternehmen, Herr Gersdorf, sagt der Mann in der Leitung. Sie sind der einzige, der es kann. Vielleicht finden Sie Zugang zu ihr, und Sie könnten es gemeinsam schaffen.

Du hast gut reden, Mann! Jedes Gespräch mit Julia endet an einer Wand, geht echolos unter. Es gibt keinen Weg mehr in diesem Dschungel, ich komme nicht mehr durch. Was du nur immer hast? sagt sie. Ich trink nur ab und zu. Die anderen in unserer Sparkasse saufen viel mehr. Aber der Sparkassendirektor sagt mir, ich solle etwas unternehmen. Also gut, unternehmen wir etwas. Fürs erste fahre ich nach Hause, werfe sämtliche Flaschen, die sich bei uns befinden, in einen Plastikbeutel und bringe sie zu Freunden nach Poppenbüttel. Julia ist alkoholkrank, sage ich. Nehmt mir das Zeug ab, in unserem Haus soll es keinen Alkohol mehr geben, ich werde keinen Tropfen an-

rühren, bis Julia gesund ist. Seitdem nur noch Tomatensaft...

Das hielt ich durch bis zu jenem Juniabend im Bergell, als
die Bauern mir den billigen «Montagne» einflößten. Ich
fühlte mich elend, weil das Getränk wie pures Gift
schmeckte und weil ich ein Versprechen gebrochen hatte.
Unter dem Vorwand, ich müsse noch arbeiten – das verstanden sie, ein professore muß auch nachts arbeiten –,
stahl ich mich hinaus zu der Eiswüste des Piz Lunghin und
den Sternen über dem Maloja, die unaufhaltsam in den
See jenseits der Staumauer zu fallen schienen. Ich auf der
alten Dorfstraße mit dem kuhfladenbedeckten Kopfstein-
pflaster. Hinter mir sangen sie im «Stampa». Massige
Häuser mit drohenden Dachüberständen wollten mich
erdrücken, das Gebälk stieß über mir zusammen, versperrte den Sternen den Weg. Überall plätscherte Wasser.
Soviel Wasser hatte ich noch nie rauschen, tröpfeln, gluk-
kern hören wie in dem alten Dorf. Eine Rohrleitung fing
es in den Bergen auf, verteilte es in die Betontröge der
Höfe, gab es ab an die Wasserbehälter neben der Straße,
die immer gefüllt waren, die immer überliefen, so daß das
Wasser sich in Pfützen sammelte oder in tiefer liegenden
Gärten versickerte.

Ich mußte mich übergeben. In eine jener sauberen Trink-
wasserpfützen. Danach fühlte ich mich wohler, wusch in
einer Viehtränke das Gesicht, hielt den Mund unter das
Rohr und spülte, bis der Geschmack des Rotweins auf
und davon war und mit ihm die Bitternis der aufgestoße-
nen Magensäure. So gereinigt, trank ich, spürte das kalte
Wasser in meinen Eingeweiden, fühlte mich wieder im
Einklang mit den Sternen und den schneebedeckten Felswänden. Ich werde nie mehr trinken.

Irgendwann bricht der Staudamm, das sehe ich kommen. Was Menschen bauten, muß auch mal zugrunde gehen. Irgendwann wird er brechen, vielleicht nachts um halb zwei.

Auf der Terrasse hatte ich ihn über mir, den Albigna-Staudamm. Er riegelte den Gletschern den Weg ab, hinderte sie daran, ins Tal zu fallen. Vor Jahren ist in Südfrankreich ein Staudamm geborsten und hat ein fruchtbares Tal getötet. Es muß 1960 gewesen sein oder noch früher, ich habe die Bilder von Fréjus in der Deutschen Wochenschau gesehen, die es damals noch als Vorspann im Kino gab. Irgendwann wird auch er da oben brechen und das klare, kalte Wasser über das Bergell schütten.

Ich fragte Renata, ob sie keine Angst habe, unter einem Staudamm zu leben.

Sie verstand die Frage nicht.

Angst haben nur die, die verstehen, dachte ich. Das Vieh auf den Weiden fürchtet kein Gewitter, obwohl Jahr für Jahr einige hundert Rinder vom Blitz erschlagen werden. Wer ohne Angst leben will, darf um Gottes willen nicht zuviel verstehen.

Das wäre ein Weltuntergang besonderer Art. Der Albigna-Staudamm bricht nachts um halb zwei, wenn Casaccia schläft, auch Renatas Kinder und mein Mädchen von der Post. Millionen Eimer Wasser stürzen ins Bergell, lassen die Maira zum Niagara anschwellen. Die Flutwelle schlägt gegen die Felskante des Maloja, nimmt auf dem Rückweg Casaccia mit, Renate und die Kinder, spült in einer knappen Stunde das Tal leer, schwemmt, was nicht gerade Fels ist, in den Comer See.

Du bist zuviel allein, Werner Gersdorf! Du fängst an, schreckliche Dinge auszudenken. Du wachst nachts um halb zwei auf, um Wasser rauschen zu hören, oben am

Staudamm oder in der Stube des Professors. Um mich ein Sommer üppigster Farben, blühende Wiesen zum Versinken, in erfrischendes Wasser getaucht, aber Werner Gersdorf malt sich Weltuntergänge aus.

Eines Tages werde ich hinaufwandern zum Albigna-Staudamm oder hinauffahren mit der Pranzaira-Seilbahn, um oberhalb der Mauer zu sitzen. Als einziger Mensch im Bergell überleben, wenn die Flut hinabstürzt. Ich stelle mir auch vor, wie in den Alpentälern niedere Lebensformen überdauern werden, wenn eines Tages die Atombomben fallen. Die gewaltige Sciora-Gruppe im Süden und der Piz Lunghin im Norden werden die Strahlung abhalten. Danach wird das Leben, in Jahrtausenden gezählt, die Halbwertzeiten bedenkend, bedächtig aus den Tälern kriechen, in den Ruinen der alten Erde neu beginnen – und als erstes jeden Alkohol verbieten. Denn es werden Betrunkene sein, die die Welt zugrunde richten. Das ist gewiß.

Ich ließ mir einen Bart wachsen. Anfangs geschah es unfreiwillig, weil ich meinen Rasierapparat vergessen hatte. Als ich sah, wie die Stoppeln mein Aussehen veränderten, ließ ich den Bart wachsen, um ein anderer zu werden. Niemand sollte auf der Straße anhalten und sagen: Kennen wir uns nicht? Sie sind doch der Gersdorf aus Hamburg von der Firma Wulf & Sohn.

Einen Mann mit Bart wolltest du immer haben, Julia. Im Urlaub tat ich dir manchmal den Gefallen und ließ den Bart wachsen. Aber wenn es wieder zu Wulf & Sohn ging, opferte ich die Stoppeln der Geschäftsleitung, die es unschicklich fand, wenn leitende Angestellte – ab Handlungsbevollmächtigter aufwärts – sich Bärte wachsen ließen. Nun hast du deinen bärtigen Mann, aber du nimmst es nicht mehr wahr.

Du bist nicht mehr normal, Werner Gersdorf. Vier Wochen haust du schon allein in Casaccia, hörst Staudämme brechen und den Malojawind an den Fensterläden rütteln. Immer wieder plätscherte Wasser in der Wohnung des Professors. Klopfte ich an die Tür, war es augenblicklich still. Ich sagte es Renata. Wenn da wirklich etwas überliefe, käme das Wasser bald durch die Decke, und der Putz fiele mir aufs Bett. Deshalb sagte ich, sie solle mal nach dem Rechten sehen.

«No, no!» rief Renata und winkte lachend ab. Dort oben sei es trocken wie in ihrem Backofen.

«Was ist es für ein Professor?» fragte ich.

«Medico», antwortete sie.

«Hat er eine große Bibliothek?»

«Si, si.»

Renata holte den Schlüssel für die obere Wohnung, um mir die Bücherwand ihres professore zu zeigen. Zehn Meter Bücher. Renata betrachtete sie wie einen heiligen Schrein. Ich sah medizinische Werke, die alten in lateinischer Sprache, die modernen in Englisch und Deutsch. Sicher besaß der professore auch Bücher, die Julias Krankheit und meine einsame Verstörtheit beschrieben. Ich wollte alles darüber wissen. Ich sollte mir diese Bücher ausleihen, um zu erfahren, was die große Wissenschaft zu einem Fall wie dem unseren sagt.

«Wenn der professore wieder anruft, werde ich ihn fragen», sagte Renata.

Natürlich lief in der oberen Wohnung kein Wasser über, nicht einmal ein Wasserhahn leckte. Die zehn Meter Bücher standen trocken und verstaubt da, lange nicht berührt.

Ich hätte mir eine Aufgabe mitbringen sollen, eine tägliche Pflicht zur Arbeit. Computerprogramme entwickeln oder Kreuzworträtsel erfinden, seltene Blumen sammeln, die Flora des Bergell unter besonderer Berücksichtigung der Verstörtheit ihres Betrachters studieren. Warum hatte ich mein Briefmarkenalbum nicht in den Kofferraum des Autos geworfen, als ich vor vier Wochen abreiste? Ich könnte mich in die kleinen gezähnten Papierschnitzel vertiefen, mich mit Staatsmännern, Dichtern und Königinnen abgeben. Julia wird die Briefmarken Satz für Satz in die Stadt tragen, um sie zu verkaufen. Meine Briefmarken für ein paar Flaschen Aquavit!

Weißt du eigentlich, daß Aquavit Lebenswasser heißt, Julia? Der Dämon verstellt sich bis hin zu den Namen.

Ich begriff, es reichte nicht aus, in die Berge zu fliehen, einen Sommer lang südliche Luft zu atmen, den seidigen Glanz des Himmels zu fühlen, immer wieder auf der warmen Erde zu liegen und zu träumen. Ich mußte etwas tun. Ja, wenn ich wüßte, daß sie tot wäre, würde ich nach Hamburg zurückfahren, um den Dämon aus dem Haus zu jagen und den letzten Gestank von Lebenswasser zu vertreiben.

Ich könnte mit dem Auto spazierenfahren, hinunter nach Como oder hinauf ins Engadin. Aber ich ließ es unsichtbar in der Garage stehen, aus Furcht, das HH der Autonummer könnte mich verraten. Ach, sieh da, ein Hamburger! Ist das nicht der Gersdorf, der seine Frau im Stich gelassen hat?

Autofahren gefährdete mich über alle Maßen. Ein kleiner Verkehrsunfall, schon säße ich in der Falle. Eine Geschwindigkeitsübertretung, falsches Überholen, falsches Parken, stets folgte die peinliche Frage: Darf ich Ihre Papiere sehen! Und da steht, daß ich Werner Gersdorf heiße, wohnhaft in Hamburg, gesucht seit vier Wochen.

Was mag sie gedacht haben, als sie die Flaschen im

Kühlschrank fand? Der verdammte Kerl will mich umbringen. Aber da wird nichts draus. So schnell wirst du deine Frau nicht los. Ich werde es dir zeigen, Werner Gersdorf!

Ach, wenn sie das doch gedacht hätte. Dann gäbe die mörderische Prozedur mit den Flaschen einen vernünftigen Sinn. Den letzten Funken Lebenskraft wecken, Wut, Empörung, was immer nötig ist, um leben zu wollen.

Nein, ich bringe mich nicht um mit Lebenswasser. Den Gefallen tue ich dir nicht, Werner Gersdorf!

Vermutlich wird sie die grausige Aufforderung nicht wahrgenommen haben. Ein Glückstag für sie: Ach, wie schön, da stehen ein paar Flaschen, das trifft sich gut.

Ich ließ das Auto auch deshalb in der Garage, weil das Herumfahren Geld kostete. Ich mußte haushalten. Vielleicht dauerte es noch monatelang, bis Julia endlich tot war. Ein Jahr im Bergell mit Frühling, Sommer, Herbst und Winter, ein Jahr das Rauschen des Wasserfalls hinter dem Haus, das Heulen des Malojawindes morgens und abends. Dann rufe ich an und höre eine Stimme: Sie können heimkehren, Herr Gersdorf, Ihre Frau ist eingeäschert.

Einmal fuhr ich doch mit dem Auto talwärts nach Castasegna. Vor dem Grenzschild blieb ich stehen. Nur nicht nach Italien! Ein Grenzpolizist könnte in meinen Paß blicken und sagen: Sie werden in Deutschland gesucht, Herr Gersdorf.

Ich parkte in guter Entfernung von der Grenze. Am Hang Kastanienbäume aus dem vorigen Jahrhundert, längst verblüht und voll im Laub stehend, die berühmten Maronen von Castasegna.

«Im Herbst müssen Sie kommen», sagte ein Mann, der Kälber unter den Kastanien hütete. «Im Herbst werden die Maronen gedörrt, steigt aus den Hütten weißer Rauch ins bunte Kastanienlaub, Herbst ist wie ein Volksfest im Maronenwald.»

«Ja, ich werde kommen», antwortete ich, denn es war erst Juni, und ich kannte noch keine Furcht vor dem Herbst im Bergell, auch nicht vor dem Winter. Damals wußte ich nicht, daß die Bergelldörfer im Dezember und Januar sonnenlos sind, als lägen sie jenseits des Polarkreises, ausgenommen das liebliche Soglio, das der Sonne zuliebe an den Hang gebaut ist.

Ich wäre unter den Maronen hinaufgewandert bis Soglio, hätte mich nicht unterwegs der Gedanke überfallen, mein Auto parke im Halteverbot. In Grenznähe ist die Polizei besonders aufmerksam. Sie werden mir ein Strafmandat unter den Scheibenwischer klemmen, eine Kopie nach Hamburg schicken, weil sie die Hamburger Autonummer sehen. Im Verkehrsamt Süderstraße trifft das Schweizer Strafmandat ein. Die blicken in die Kartei. Halter ist ein gewisser Gersdorf. Ach, sieh mal an, der ist Mitte Mai verschwunden und Ende Juni im Bergell aufgefallen.

Ich mochte mir einreden, was ich wollte, es trieb mich zurück, um das Auto aus dem Halteverbot zu fahren. Natürlich fand ich es vorschriftsmäßig abgestellt unter den alten Kastanien. Du bist nicht mehr bei Trost, Werner Gersdorf!

Auf der Rückfahrt machte ich halt in Vicosoprano, ein Name, der mich an einen Schlagersänger erinnerte. Eigentlich wollte ich Lebensmittel einkaufen, aber weil die Läden mittags geschlossen hatten, bummelte ich durch den Ort, kam zu einer Brücke, die so alt aussah wie das alte Rom. Unter ihrem Steinbogen toste die Maira. Jenseits der Brücke ein Rundturm, der den Flecken beherrschte. In ihm ein Gefängnis aus einer Zeit, als sie im

Bergell noch Gefängnisse brauchten. Der Turm zeigte eine Folterkammer mit schauerlichem Gerät. Außerhalb Vicosopranos stand ein alter, schon lange nicht mehr gebrauchter Galgen und vor dem Rathaus ein mittelalterlicher Pranger.

Wäre ich nicht geflohen, hätte ich sie eines Tages ermordet, wäre in diesen Turm gekommen, durch die Folterkammer zum Galgen gegangen, um hängend das Bergell zu betrachten. Mein Zusammenleben mit Julia war auf jenen Punkt zugesteuert, der nur drei Wege zuließ: Entweder springe ich von der Köhlbrandbrücke, oder ich ermorde Julia, oder ich schließe die Tür hinter mir und fahre auf und davon. Für die Lösungen eins und zwei war Werner Gersdorf zu feige.

In einem Selbstbedienungsladen fand ich, was ich brauchte: Brot, Käse, Salami, einen Korb frischer Kirschen, Limonade. Ich allein unterwegs mit dem Einkaufswagen in den engen Gängen des Supermarkts. Plötzlich stand ich in der Weinecke. Vor mir im Dutzend die Flaschen «Montagne», billiger Bergwein, der mir den Magen umgedreht hatte. Ich nahm eine Flasche in die Hand, hielt sie gegen das Licht und erschrak: Es sah aus wie dünnes Blut. Vielleicht sollte ich Renata eine Flasche als Geschenk mitbringen. Aber doch nicht billigen Rotwein! Konfekt mag sie lieber. Oder Schokolade für die Kinder. Ich legte die Flasche mit dem Teufelszeug, die auf sonderbare Weise in meinen Einkaufswagen gelangt war, zurück ins Regal.

Julia liebte Selbstbedienungsläden über alles. Zweimal besuchte mich dieser Zuneigung wegen die Polizei.

Ihre Frau ist bei einem Ladendiebstahl ertappt worden, Herr Gersdorf.

Seltsamerweise stahl sie niemals Alkoholika. Sie stand

wohl unter dem Zwang, ihr Lebenswasser auf jeden Fall bezahlen zu müssen. Jawohl, wer Alkohol trinkt, muß immer bezahlen! Lebensmittel stahl sie, fünfzig Schokolinsen zum Beispiel, ein Paket Salzstangen, Erdnüsse aus Amerika. Einen unbezahlten Haarfestiger fanden sie in Julias Tasche, Lippenstifte im Dutzend, obwohl sie sich schon lange nicht mehr schminkte. Zweimal kam die Polizei zu mir, von den unentdeckten Fällen wollen wir gar nicht reden.

Ich schaffte die Sache aus der Welt, bezahlte die Strafgebühr im Supermarkt und bat den Filialleiter, die Anzeige gegen Julia zurückzuziehen.

Meine Frau ist krank, sage ich.

Verstehe, antwortet er. Können Sie garantieren, daß sie nicht wiederkommt und stiehlt?

Nicht zu Ihnen, beruhige ich den besorgten Mann. Soviel Verstand hat sie noch, sie wird in einen anderen Supermarkt gehen.

Der gute Krämer Bodensiek. Als er merkte, wie es um Julia stand, sagte er: Liebe Frau Gersdorf, Sie wissen, ich verkaufe gern alles, was ich im Laden führe, aber Ihnen kann ich keinen Tropfen Alkohol mehr geben.

Was hatte er davon? Sie kaufte nicht mehr bei Bodensiek, nicht einmal Brot und Fleisch, sie kaufte nur noch in den anonymen Supermärkten, in denen niemand fragte.

Es war ein Fehler, Julias Ladendiebstähle lautlos aus der Welt zu schaffen. Heute weiß ich, daß ich es mehr für mich tat als für Julia. Die Polizei im Haus, meine Frau wegen Ladendiebstahls vor Gericht, peinlich vor den Nachbarn, Freunden und Kollegen. Ich hätte alles seinen Gang gehen lassen sollen. Mit Milde und Mitleid ist diesen Kranken nicht zu helfen. Öffentlich ausstellen muß man sie. Seht her, das ist die Trinkerin Gersdorf! Sie hat im Supermarkt Salzstangen gestohlen und wird es wieder tun. An den Pranger gehört sie, damit der kleine Funke Mensch, der vielleicht unter der Asche schlummert, wach wird und sich aufrafft, ein letztes Mal aufrafft.

Es gab auch Heiteres in meinem Sommer. Ein Rindvieh behinderte die planmäßige Abfahrt des PTT-Busses. Das Tier stand wie ein Denkmal auf dem Asphalt, ließ sich nicht bewegen, die Straße zu räumen. Der Fahrer hupte, er versuchte, die Kuh zu umfahren. Sie ging mit gesenktem Kopf auf den Bus los. Stierkampf in Casaccia.

Das Postmädchen trat vor die Tür und lachte. Hinter dem Bus staute sich der Verkehr, die wunderliche Kuh, die die Paßstraße zum Maloja blockierte, verursachte ein Hupkonzert. Bis ein Bauer einen Eimer Wasser brachte und der Kuh vor das Maul hielt. Sie soff den Eimer leer, der Bus umfuhr das Hindernis, der Stau löste sich auf, das Postmädchen verschwand in seiner Hütte.

… Kennst du den? sagte Timmann. Ein Mann feiert seinen 100. Geburtstag. Großer Empfang mit Bürgermeister und Presse. Der Reporter fragt den Mann, worauf er das hohe Alter zurückführe. Immer solide gelebt, antwortet der Hundertjährige, mäßig gegessen, nur eine Frau gehabt, nicht geraucht, vor allem nicht getrunken.

Plötzlich poltert es im Nebenzimmer.

Was ist das? fragt der Reporter.

Ach, mein Vater, erwidert der Hundertjährige, der kommt jeden Abend besoffen nach Hause.

Ich verbiete Timmann, in meiner Anwesenheit Alkoholikerwitze zu erzählen, wohl wissend, daß er es heimlich macht. Wenn ich den Programmierraum betrete, verstummen sie und sehen mich merkwürdig an. Mensch, Timmann, Leute, die über den Alkoholkonsum anderer

sprechen und sich entrüsten, sind selbst am meisten ge-
fährdet. Sie fühlen sich auf abschüssigem Wege und machen sich Mut mit dem Gerede von anderen, die es noch
schlimmer treiben...

Nach dem Vorfall mit dem Rindvieh ging ich zu dem
Mädchen von der Post, dachte, einen passenden Anlaß
gefunden zu haben, ein Gespräch zu beginnen, das über
«Bitte eine Leitung nach Deutschland» und «Was muß ich
zahlen?» hinausging. Doch das Mädchen war wieder zur
Amtsperson der Schweizerischen Post geworden, es lachte
nicht mehr. Unaufgefordert bekam ich eine Amtsleitung,
wählte die bekannte Nummer und hörte Julias Stimme:
«Hier ist Gersdorf», sagte sie.

Es klang wie früher, ganz normal. Ich erschrak und
hängte ein. Später kamen mir Zweifel, ob es wirklich ihre
Stimme gewesen war; jemand könnte auch «Hier bei
Gersdorf» gesagt haben.

Warum lebte sie noch? Fünf Wochen hauste sie allein mit
den Flaschen und war immer noch nicht tot. An jedem
Tag, den Gott werden läßt, sterben Tausende junger, ge-
sunder Menschen an dämlichen Zufällen, aber sie, die
nicht nachläßt, ihren Körper in Gift zu ertränken, geht
nicht zugrunde. Wie betäubt arbeiten Nieren, Herz und
Leber weiter, Jahr um Jahr. Keine Erkältung sucht Julia
heim, kein Fieber zwingt sie ins Bett. Ich wünschte ihr
eine richtige Krankheit. Lungenentzündung oder Magen-
geschwüre, etwas Schlimmes jedenfalls, das sie ins Krankenhaus brächte. Dort erkennt man ihren Zustand, der
Dämon kommt auf die Intensivstation, nach zehn Tagen
wacht sie aus ihrer Bewußtlosigkeit auf und ist frei. So
stellte Werner Gersdorf sich das vor. Aber es geschah
nichts. Sie lag zwei Stunden im Novemberregen unter
dem Fliederbusch im Vorgarten und bekam nicht einmal

Schnupfen. Sie fiel Ende März in den Osterbekkanal, wurde herausgezogen und drei Stunden später aus dem Krankenhaus entlassen. Keine Unterkühlung, kein schmutziges Wasser in der Lunge, nicht einmal Hautabschürfungen. Fünf Jahre keine ernsthafte Krankheit, nur ein paar ausgeschlagene Zähne und immer wieder wunde Knie von ihren Stürzen. Fast konnte man glauben, diese einzige große, schlimme Krankheit beanspruche ihre ganze Kraft und lasse nichts mehr übrig für Migräne oder sonstige Unpäßlichkeiten. Ist es am Ende so, daß jeder Mensch nur Zeit und Kraft für eine Krankheit hat? Bewahrt dich eine Krankheit vor vielen anderen Krankheiten? Ich sollte den Medizinprofessor über mir danach fragen.

«Vielleicht kommt er morgen, vielleicht erst im nächsten Monat», sagte Renata.

Ich bildete mir ein, der Professor sei ein Psychologe, dem ich unseren Fall ausbreiten könnte. Warum wird der eine Mensch Alkoholiker, und der andere, der die gleiche Menge des furchtbaren Stoffs zu sich nimmt, wird es nicht? Warum flieht der eine in die Berge, und der andere hält es aus bis zum bitteren Ende?

«Hier ist Gersdorf», hatte sie gesagt. Einfach so. Die alte, vertraute tiefe Stimme, mit der sie vor zehn Jahren ja gesagt hatte. Während einer Grachtenfahrt – es war wohl Amsterdam – hatte diese Stimme – es war wohl Pfingsten 1974 – geflüstert: «Wenn wir mal Kinder haben, fahren wir mit ihnen nach Holland.»

Vielleicht lag es daran: Wir bekamen keine Kinder. Erst wollen wir beide nicht, dann wollen wir beide, aber die Kinder wollen nicht, aus Gründen übrigens, die mir bis heute unklar sind. Später will Julia, aber ich will nicht. Es darf keine Kinder geben, weil Kinder von Alkoholikerinnen – wir wissen doch, wie die aussehen, diese armen Zweieinhalb-Pfund-Geschöpfe für den Brutkasten, geschädigt schon im Leib der Mutter, dem Leben ständig hinterherhinkend, Kinder mit offenen Köpfen und übergroßen Augen. Was sagt das Lexikon des Professors zu solchen Kindern? Alkoholembryopathie ist die häufigste Mißbildung bei Neugeborenen. Im Gesicht sind die Anomalien am deutlichsten erkennbar. Der Arzt braucht nicht die Mutter zu befragen, ein Blick auf den Säugling verrät ihm, daß die Frau eine Alkoholikerin ist.

Hör auf zu trinken, Julia, dann bekommst du ein Kind, sage ich. Stell dich nicht so an, Mensch, antwortet sie. Wenn du kein Kind willst, hol' ich es mir woanders. Das bringt sie fertig! Mein Gott, da kennt sie nichts! Und die Natur spielt mit, sie übergibt sich nicht, verweigert nicht die Annahme. In ihrer wilden Gier nach Fortpflanzung läßt sie alles mit sich geschehen, ohne sich zu empören. Auch das trieb mich aus dem Haus: Die Vorstellung, sie könnte von irgendeiner Kneipenbekanntschaft schwanger werden, ich müßte die elende Zeit der Schwangerschaft mit ihr zubringen, schließlich noch Zeuge sein der Entbindung und traurigen Mutterschaft, käme sogar als Vater dieses armen Geschöpfs in Frage. Da stimmt doch etwas nicht. Um einen Hühnerstall zu bauen, einen Brunnen zu bohren, einen Baum zu fällen, brauchst du den Stempel der Behörden, mußt zu den Ämtern laufen, um Genehmigungen einzuholen, aber Kinder, die kann jede Kreatur nach Belieben auf die Welt schicken; auf die Welt werfen, muß man schon sagen, ohne sich zu verantworten.

Hier ist Gersdorf! Ihre alte Stimme, aber ein veränderter Inhalt. Seit drei Jahren nur noch Klischees, nur noch das Abspielen alter, rissiger Schallplatten. Kein originelles

Wort mehr, nur Fassade, geschmückt mit leeren Phrasen. Und ordinär ist sie geworden. Sie kann laut «Verpiß dich!» sagen oder «Ihr habt ja alle keine Ahnung, ihr Scheißhacken.»

Irgendwann hört sie auf, ein Mensch zu sein. Eines Morgens wacht sie auf und war nur noch ein Gebilde aus Haut und Knochen, das sich fortbewegte und programmierte Laute ausstieß. Lieber Himmel, wie habe ich sie geliebt! Von den Spitzen des gewellten Haares bis zu den kleinen, runden Zehen habe ich Julia geliebt, diesen zierlichen sportlichen Körper mit den kleinen, prallen Brüsten, der abends im durchsichtigen, fliederfarbigen Nachthemd zu mir kam. Doch plötzlich fällt der Engel. Ich stehe da und muß zusehen, wie sie aus der Höhe der Anmut in die Schlucht des Verfalls stürzt wie in Zeitlupe. Nicht ihr Körper ist es, es kommt von innen. Der Körper hält sich erstaunlich lange als hübsche Fassade, doch innen ist der Baum hohl.

Dieser abwesende Blick, dieses Unbeteiligtsein, dieses Nicht-mehr-reagieren-Können, Nicht-mehr-in-die-Augen-sehen-Können, und wenn doch, dann sind sie leer. Langes Brüten über einfache Fragen, als Antwort eine Schablone. Es muß einen Augenblick gegeben haben, als unsere Freunde aufhörten, sie ernst zu nehmen: Ach, Julia, was du nur immer plapperst! Was sie von sich gibt, stößt auf wohlwollendes Mitleid. Es ist nicht unvernünftig, aber den Worten fehlt die Kraft der dahinter stehenden Persönlichkeit. Jeder empfindet ihre Ansichten als vom Band gesprochene Phrasen.

Bald scheidet sie aus dem Spiel der Geschlechter aus. Es beginnt allmählich, bei dem einen früher, bei dem anderen später. Für jeden sichtbar wird es auf einer Party in unserem Garten. Julia, die Verführerische, mit der jedermann gern flirtete, auf die ich eifersüchtig achtgeben mußte, Julia ist plötzlich nicht mehr gefragt. Als hätte sie Aussatz oder üblen Geruch. Niemand drängt sich, neben ihr zu sitzen. Jeder spricht nur kurz aus Höflichkeit mit ihr, entschuldigt sich unter einem Vorwand. Wenn getanzt wird, verkündet Julia nach der zweiten Runde schon Damenwahl, holt sich ihre Tänzer, die sich mild lächelnd der Prozedur unterwerfen, bis einer tatsächlich die Stirn besitzt, ihr ins Gesicht zu sagen: Ach, Julia, ich mag heute nicht tanzen!

Ich will ihn zur Rede stellen. Doch Julia spürte die Demütigung gar nicht, sie geht schon lächelnd zum nächsten. Sie bietet freigebig Brüderschaften an, weil das mit Küssen und Trinken verbunden ist. Wem sie es anträgt, der unterzieht sich dem Ritual mit gespielter Begeisterung. Oft kommt sie ein zweites oder drittes Mal mit ihrem Du, und die Betroffenen lassen es lächelnd über sich ergehen. Äußerlich ist sie noch attraktiv, aber innen ist das Licht erloschen. Julia erscheint nicht mehr begehrenswert, und niemand weiß zu sagen, warum das so ist. Oft sitzt sie, die früher Umschwärmte, allein neben dem Plattenspieler, in der einen Hand ein halbleeres Whiskyglas, in der anderen eine Zigarette. Immer diese Angst, die Asche könnte auf den Teppich fallen. Sie lächelt jeden an, lächelt sogar den Blumenvasen zu, gequält, leer, so schrecklich leer. Wenn sie lange allein sitzt, gehe ich hin, um mit ihr zu tanzen.

Rühr mich nicht an mit deinen dreckigen Pfoten, sagt sie. Mit dir tanze ich noch, wenn wir Oma und Opa sind. Ich will mit anderen tanzen.

Natürlich fällt die Asche auf den Teppich. Ich hole einen Handfeger, säubere den Teppich, während sie sich eine neue Zigarette anzündet.

Du sollst mit anderen tanzen, sagt sie. Es gibt doch Miezen genug hier.

Jene Frauen, denen sie jahrelang mit ihrer Ausstrahlung die Schau stahl – verglichen mit Julia besaßen sie den Charme von Preßluftbohrern –, zahlen es ihr nun heim. Ihre Rache ist das gespielte Mitleid: Ach, was ist denn mit Julia los? Arme Julia, hast du wieder zuviel getrunken? Komm, leg dich auf die Couch!

Besonders gern sprechen sie in Julias Beisein über Kochrezepte und Kinderwickeln. Sie sind ja so glücklich mit ihren gesunden Babys, die schon Mama sagen können und Papa und die schön lächeln, wenn man ihnen vorsingt.

Nachts, wenn wir heimfahren, nennt Julia diese Frauen Milchziegen und Kalbsgesichter. Ihre Kinder beten schon das Vaterunser, wenn sie auf die Welt kommen, sagt Julia und spuckt aus dem fahrenden Auto.

Der Verfall frißt sich von innen zur Oberfläche durch, die schöne Fassade reißt. Ihre Haut welkt, die Brüste deformieren zu vertrockneten Knöpfen, ihre Rippen werden zählbar. Wie bist du schlank geworden, Julia, sagen die boshaften Weiber. Wenn sie sich auszieht – sie tut es immer häufiger demonstrativ –, erscheint ein Skelett. Knochen, von welkem Pergament zusammengehalten.

An ihrer Schulter kannst du den Hut aufhängen, sagt einer, der nicht weiß, daß ich zuhöre. In jener Zeit fahre ich nachts zusammen, wenn sie die Hand nach mir ausstreckt, diese trockene, kalte Hand. Ich muß mich überwinden, sie zu berühren. Geschlechtsverkehr geht nur noch in völliger Dunkelheit oder mit geschlossenen Augen. Sie ahnt, daß es ihr letzter Trumpf ist, ein Beweis, noch Mensch zu sein. Sie quält sich, Begehrlichkeit vortäuschend, zu dem, was ihr wichtig erscheint, hat sogar

Orgasmus oder spielt Orgasmus. Ich denke während des sonderbaren Vorgangs, jemand hat eine Schaufensterpuppe in mein Bett geworfen. Nur sind diese Puppen sauber, aus Mund und Nase entweicht kein Alkoholgestank. Ohne Trinken geht nichts mehr, ohne Trinken kann sie sich nicht ausziehen. Mich überfällt der Ekel. Je aufdringlicher sie sich die Kleider vom Leib reißt, desto angewiderter wende ich mich ab. Dieses schwachsinnige Lallen! Schmutzränder unter den Nägeln. Wenn sie Essen zubereitet, würgt es mich in der Kehle. Kaum noch, daß sie sich wäscht. Doch manchmal überkommt es sie. Dann sitzt sie Stunden vor dem Spiegel, um wieder hübsch zu werden wie in früheren Zeiten. Aber es fehlt die alte Sicherheit. Entweder trägt sie zu dünn auf oder zu dick, sie zieht den Augenbrauenstrich schief bis zur Schläfe durch, sieht aus wie ein gepudertes Gespenst oder ein in Sägespäne gefallener Harlekin. Sie läuft mit verschiedenfarbigen Strümpfen durch die Straße. Sie fällt mit dem Einkaufsnetz und schlägt sich das Knie auf. Sie sitzt im kurzen Rock mit gespreizten Beinen auf der Parkbank, um sie herum Kinder, die sie auslachen.

In der Stubenecke neben der Palme verrichtet sie ihre Notdurft. Auf dem Flur sitzt sie neben der alten Standuhr und ißt Apfelsinen mit der Schale.

Vielleicht gibt es in fernen Winkeln dieser Erde Heilige, die mit einem solchen Geschöpf zu leben vermögen, Werner Gersdorf gehört nicht zu ihnen. Sogar das Mitleid läuft aus. Übrig bleibt nur der unüberwindliche Ekel und der dringliche Wunsch, sie möge endlich sterben, diesen beleidigenden Anblick unter die Erde tragen.

Oben lief wieder Wasser. Sonderbar, solange Renata da war, blieb es still, aber kaum ging sie, fing es oben an zu tropfen. Manchmal rauschte es heftig wie die Spülung der

Toilette. Ja, es kommt vor, daß die Spülung sich von allein auslöst. Tag und Nacht zieht sie auf und spült und spült.

Am 1. Juli kaufte ich mir ein Transistorradio. Damit empfing ich die Musik der italienischen Sender, auch von Radio Innsbruck und der Schweizerischen Rundspruchgesellschaft. Die Musik hatte den Vorteil, daß ich das Wasser oben nicht hörte, auch nicht das Rütteln des Malojawindes. Deutschland war nicht erreichbar. Es lag hinter den sieben Bergen und mein Schneewittchen vielleicht schon in seinem gläsernen Sarg.

Wie ich schon sagte, es gab auch Heiteres in meinem Bergelldorf. Renatas Kinder brachten mir einen Blumenstrauß, den sie für den professore gepflückt hatten: Butterblumen, wilder Klee und Schafgarbe. Ich nahm die Kinder an die Hand, ging mit ihnen ins «Stampa» und kaufte due porzione gelati.

Wir hätten uns Kinder anschaffen sollen, gleich nach der Heirat Kinder. Dann wäre es anders gekommen, dessen bin ich heute sicher.

Der 10. Juli rückte näher, und ich wußte nicht, was ich an diesem Tag anfangen sollte. Vielleicht in aller Frühe loswandern und nach Sonnenuntergang heimkehren, um nur nicht dazusein.

Ich sollte mich auf die Archäologie verlegen. Herausfinden, was es mit dem Obelisken oberhalb des Dorfes auf sich hatte, mit dieser brüchigen Steinsäule, an die fünfzehn Meter hoch, ein stumpfer Finger, der den Kirchturm überragte. Meine kleineren Spaziergänge endeten oft am Obelisken. Die Steine im Rücken, saß ich vor ihm und fühlte mich sicher. Hellgraue Kühe kamen bis auf wenige Schritte zu mir, standen da und glotzten mich an. Oder sie lagerten wiederkäuend neben mir im Schatten des Obelisken. Dann hörte ich das mahlende Geräusch ihrer Mäuler, ihr behagliches Brummen, sah das geschwungene Gehörn und die dummen, traurigen Augen. Der wandernde Schatten gab mir eine wundervolle Deutung: Dieser Obelisk könnte der gewaltige Zeiger einer römischen Sonnenuhr sein. Ich brauchte nur die Ziffern in die Grasnarbe zu graben und bekäme vom Schatten die Zeit.

Ja, einen Spaten sollte ich mit hinaufnehmen, um die Grasnarbe aufzubrechen. Vielleicht lagerten, wo ich saß, alte Scherben, Amphoren, Werkzeuge und Gebeine. Ein Palazzo mochte hier gestanden haben, vergleichbar den Salis-Palästen in den unteren Bergelldörfern. Oder der Wagen des Sonnengottes war hier zu Bruch gegangen. Seine geborstenen Räder lagen unter Löwenzahn und Wiesenschaumkraut, der Gott war den Septimer hinauf gelaufen zur Quelle der klaren, schönen Julia.

Mit Archäologie könnte ich einen Sommer im Bergell überstehen. Auch einen Herbst. Ich werde mich bei schlechtem Wetter ins Museum setzen, um die Geschichte des Bergell zu studieren. Sie sollen begnadete Zuckerbäkker gewesen sein, die Bergeller. Sie haben an den europäischen Höfen von Madrid bis Petersburg ihre Leckereien zu Tisch gebracht, kein schlechter Dienst an der Menschheit, verglichen mit dem blutigen Handwerk anderer Stämme. Ich werde Renata um einen Spaten bitten und die Grasnarbe neben dem Obelisken lockern. Vielleicht finde ich den Schädel eines Zuckerbäckers, den ich befragen kann nach den römischen Heeren, die hier vorbeigezogen sind.

Sagte ich schon, daß mich in Hamburg ein Mann auf der Straße ansprach? Ich wohne in der Nachbarschaft, dort, wo die Glascontainer stehen. Nach den Feiertagen stekken die immer voller Flaschen. Eines Abends blickte ich aus dem Fenster und sehe eine Person, die sich an den Containern zu schaffen macht. Sie holt Flaschen aus den Behältern, Bierflaschen, Weinflaschen und Schnapsflaschen und läßt die Reste in den Mund tropfen.

Bitte sprechen Sie nicht weiter, sage ich zu dem freundlichen Herrn.

Glascontainer aussaufen! Darauf ist noch keiner gekommen. So schafft der Fortschritt immer wieder Vorlagen für neue Ungeheuerlichkeiten. Ich stelle mir ein Theaterstück vor, nicht die Glasmenagerie, sondern die Glascontainer. Ein Trauerspiel? Nein, eine Komödie in einem langen schmerzlichen Akt. Zwei Glascontainer auf der Bühne, einer für Weißglas, der andere für Buntglas. Der Held des Stückes, zur Abwechslung mal ein männlicher Held, spricht mit den leeren Flaschen, die ihre Geschichte erzählen, die weit gereist sind, von Mosel, Saar und Ruwer kommen sie, aus dem Badischen, vom schönen Rhein, von der Loire, der Krim und den schottischen Highlands. Es mischen sich auch jene Zwei-Liter-Weinflaschen ins Gespräch, aus denen die Alkoholiker in den Parks, auf Bahnhöfen und unter Brücken trinken und die sie zärtlich «Bomben» nennen. Unser Held stellt Armeen auf den Bürgersteig. Die Braunen kämpfen gegen die Grünen und Weißen. Er läßt sie die Container umzingeln, die Gullys belagern, zertrümmert grünes Glas mit Pflastersteinen, die wie von Flugzeugen abgeworfene Bomben Truppenansammlungen südlich der Glascontainer zerstören. Eine Komödie in einem nicht enden wollenden Akt: Die Katze auf dem heißen Glascontainer.

Während ich unter dem Obelisken lag und mit meinem Zuckerbäcker ins Gespräch zu kommen versuchte, kam ein Leichenzug von der Kirche den Wiesenweg herauf. Zum erstenmal erlebte ich eine Beerdigung in Casaccia.

Bis dahin hatte ich es nicht für möglich gehalten, daß in einem so lieblichen Tal überhaupt Menschen sterben könnten. Hart läutete eine einsame Glocke. Auf der Straße hielten die Autos, bis die letzten des Zuges auf den Wiesenweg eingeschwenkt waren. In auffallender Langsamkeit bewegte sich der Menschenwurm auf mich zu. Einen Augenblick kam es mir vor, als wolle er vor meinem Haus stehenbleiben, als gelte es, noch einmal Atem zu schöpfen vor dem beschwerlichen Anstieg zum Friedhof. Renata trat vor die Tür und bekreuzigte sich. Sie rief die Kinder ins Haus, damit ihr fröhliches Spiel den traurigen Zug nicht beleidigte.

Sie bringen Schneewittchen, dachte ich. Über die sieben Berge hinweg zu mir. Und ich bin nicht dabei. Nur von oben zuschauend, den sicheren Obelisken im Rücken. Julia hätte niemals ein solches Gefolge. Ein Dorf mit sechzig Einwohnern brachte einen Leichenzug von fünfzig Personen auf die Beine, den Priester, die Sargträger und die Leiche nicht gerechnet. Als Julia starb, ist niemand dagewesen, nicht einmal der Ehemann. Eine vom Sozialamt ausgerichtete Armenbestattung. Ins Feuer mit der Leiche. Die Asche aufs Feld der anonymen Toten befördert. Die früheren Arbeitskollegen ihrer Sparkasse wären vielleicht zu Julias Trauerfeier gekommen, aber niemand sagte es ihnen. Niemand verschickte schwarzumrandete Briefe. Niemand rief an, um schluchzend mitzuteilen, daß Julia Gersdorf vom Alkohol ins Jenseits getragen worden sei. So einsam gehen sie hinüber.

Einen Steinwurf unter mir bog der Zug ab, bewegte sich auf das Wäldchen zu, in dem Casaccias Friedhof lag. Oft genug war ich daran vorbeispaziert, betreten hatte ich den Ort noch nie. Der Leichenzug hielt, stand in sengender Hitze vor der Mauer, die das Geviert des Friedhofs umgab, als müßte erst Einlaß erbeten werden für einen müden Wanderer, der den beschwerlichen Weg über die Pässe gekommen ist. So wie die da unten vor dem Friedhofstor, stand Julia oft vor unserer Tür mit zerrissenen Strümpfen und aufgeschlagenem Knie. Sie hat ihren Schlüssel verloren und schreit, bis im Nachbarhaus Licht angeht.

Die Gersdorf ist wieder voll wie tausend Russen, sagt der Nachbar, reißt das Fenster auf und brüllt Ruhe! in den Garten. Ich renne im Schlafanzug vors Haus, ziehe sie über die Schwelle, damit der Lärm aufhört.

Ihr habt ja alle keine Ahnung, ihr Scheißkerle!

Im Licht der Flurlampe sehe ich die Lücke in ihrem Mund. Einer der Schneidezähne fehlt. Sie hält ihn, in ein Papiertaschentuch gewickelt, krampfhaft in den Händen. Hab' ich gefunden, lallt sie und zeigt mir den Zahn.

Sie ist in der Kneipe vom Hocker gefallen, denke ich. Einer der Gäste hat mit der Taschenlampe den Boden abgesucht und den Zahn gefunden. Hier, Oma, paß besser auf deine Zähne auf!

Das Friedhofstor sprang auf. Der Zug setzte sich in Bewegung, kam nun endlich in den Schatten der Friedhofsbäume. Ich schloß die Augen, hörte, wie sie sangen, aber nicht, was sie sangen. Ich dachte, daß da unten angenehmer Schatten sei, der ganze Friedhof von Casaccia lag im Schatten junger Bäume, die ihre Kraft aus den Gräbern zogen und wuchsen, wuchsen.

Plötzlich kam mir der Gedanke, daß ich Julia wohl immer noch liebte. Er ließ mich nicht los, er wurde stärker, je lauter sie da unten sangen. Als die Glocke wieder anschlug, zerriß es mir fast den Kopf. Ich müßte eigentlich zu Julia fahren und sie in die Arme nehmen. Wie es mich damals fortgetrieben hatte, zog es mich jetzt zurück. Mein Verstand wollte mir vorrechnen, was mich dort erwartete, aber das Gefühl wollte heim, verlangte blind, ich solle auf der Stelle hinunterlaufen, mich ins Auto setzen und heimkehren. Meine Hände klammerten sich ans rauhe Gestein des Obelisken. Nur nicht loslassen, sonst rollst du ins Tal. Du bist nicht bei Verstand, Werner Gersdorf. Malst dir eine Heimkehr bei Sonnenuntergang aus, die Türme Hamburgs grüßen schwarz aus dem Abendlicht, vor dem Haus blüht weißer Flieder, es ist Juli, aber du läßt, weil es so schön ist, den Flieder im Juli blühen. Und Julia empfängt dich wie eine Königin der Nacht, lieblich und verführerisch.

Nach einer halben Stunde ließ es nach. Erschöpft lag ich da, wischte mir den Schweiß von der Stirn. Ein Fieberanfall, ja, ein richtiger Fieberanfall. Unten liefen die Trauergäste auseinander, einige stiegen ins Auto und fuhren talwärts, andere gingen ins «Stampa», um roten «Montagne» zu trinken.

Dann betrat auch ich den Friedhof von Casaccia. Einen Antonio hatten sie, hart an der Mauer, unter Sonnenblumen begraben. Dort wird er für den Rest der Ewigkeit liegen, begleitet vom Rauschen des Wasserfalls der Maira. Renata sagte mir später, er sei ein sehr, sehr alter Mann gewesen.

Nun war er da, der 10. Juli. Ich stand früher auf als sonst. Obwohl niemand meinen Aufenthaltsort kannte, lebte ich in der Furcht, ein Telegramm aus Hamburg könnte mich erreichen. Oder das Mädchen von der Post kommt, um zu sagen, daß sie ein Ferngespräch für mich habe. Ich wollte aus dem Haus sein, bevor die Wanderer über Casaccia herfielen. Casaccia war, das hatte ich damals nicht bedacht, als ich mich für den Ort entschied, ein wahrer Rummelplatz der Wanderer. Unzählige Wanderwege begannen oder endeten hinter meinem Haus. Der Panoramahochweg führte nach Soglio, der Bergpfad über Val Maroz-Septimer ebenfalls nach Soglio, allerdings mit größeren Schwierigkeitsgraden. Auch über Val da Cam ging es nach Soglio. Ein Fußmarsch über den Lunghinpaß zur Quelle der Julia wäre möglich, eine Wanderung hinauf nach Maloja und ins Engadin hinein. Überall die bunten Wegweiser und Markierungen an den Bäumen. Früh am Morgen mit dem Malojawind fielen sie ein, die Wanderer. Sie parkten ihre Autos gegenüber dem Posthaus, holten Stöcke und Wanderstiefel aus dem Kofferraum, marschierten unter meinen Fenstern vorbei, den bunten Wegweisern folgend.

Gewöhnlich wartete ich, bis sie fort waren. Wenn der Postbus die letzten Wanderer gebracht und der Malojawind sich gelegt hatte, verließ auch ich das Haus, besuchte die parkenden Autos, weil ich wissen wollte, mit wem ich es zu tun hatte. Da die Deutschen das Wandern erfunden haben, sah ich überwiegend deutsche Kennzeichen, Münchener, Stuttgarter, ja sogar Hamburger Autonummern. Ein weißblauer HSV-Aufkleber im Fenster, auf dem Rücksitz eine Hamburger Zeitung.

Am 10. Juli wartete ich nicht, bis die letzten gegangen waren, ich brach vor ihnen auf. Ein dunstiger Morgen, der Staudamm kaum sichtbar, das Tal angefüllt mit warmem Nebel. Von Maloja her fielen rote Lichtstreifen ins Tal, erinnerten mich an bengalisches Feuer. Ich entschied mich für den Panoramaweg. Bis Roticcio bereitete mir die fast ebene Strecke keine Mühe. Danach ging es ein wenig wilder auf und ab, kam auch die Sonne über den Maloja und schien mir wärmend in den Rücken. In kurzer Zeit fraß sie den Nebel, illuminierte das Tal, das linker Hand immer tiefer sank. Dörfer wie Ruinenfelder. Von der

Höhe des Panoramawegs sah ich nur graue Häuser mit Steinplatten auf den Dächern. Neben dem Flußbett der Maira den Rundturm von Vicosoprano samt Folterkammer. Die Pranzaira-Seilbahn noch außer Betrieb, kein Auto auf dem Parkplatz der Talstation, der Staudamm oberhalb Pranzaira angestrahlt von der Morgensonne. Die Wärme kam nicht von der Sonne, nicht von Maloja herab, sie schlug von Italien her ins Bergell, staute sich vor den Pässen und ertränkte unten die Dörfer.

Und ich war allein. Bergbäche mit geräuschvollen Wasserfällen kreuzten den Wanderweg, lange angekündigt durch ein fernes Rauschen. In ihrer Nähe feuchte Kühle und Wasser, das von den Zweigen tropfte. Ich kniete nieder vor dem kalten Wasser der Bäche zwischen Casaccia und Soglio, tauchte den Mund ein, wusch den Kopf, spritzte die Arme naß.

Unten ein Palazzo, wuchtig am Fluß gelegen. Venedig im Bergell. Dort lebten die berühmten Zuckerbäcker. Eine Stunde weiter die Postkartenbrücke von Promotogno, tief, tief unter mir.

Wenn ich jemals das Bergell verlassen sollte, werde ich Wasser mitnehmen, einen Kofferraum voller Flaschen.

Haben Sie etwas zu verzollen? wird der Beamte an der Grenze fragen.

Nur klares Bergwasser, werde ich antworten.

Er wird denken, ich wolle ihn auf den Arm nehmen. Er wird sich die Flaschen zeigen lassen, den Schraubverschluß abdrehen, erst riechen, dann schmecken.

Du, in dem roten Auto sitzt ein Verrückter, wird er zu seinem Kollegen sagen, der schleppt hundert Flaschen Bergwasser nach Deutschland!

Womit ich nicht gerechnet hatte: Es kamen mir Wanderer entgegen. Natürlich, so viele wie morgens in Casaccia aufbrechen, um nach Soglio zu wandern, so viele beginnen in Soglio und kommen abends in Casaccia an. Sie sagten «Grüezi miteinand» oder «Grüß Gott», drängten im Gänsemarsch auf schmalem Pfad vorbei, lachten mich an. Wanderer, die sich treffen, lachen immer, denn sie wissen sich auf einem gemeinsamen Weg. Ich drückte mich stumm an die Felsen, um sie vorbeizulassen. Hörte ich sie rechtzeitig, schlug ich mich in die Büsche, hockte verborgen, bis sie vorbei waren. Ja, ich hatte Angst vor Menschen. Einen ganzen Sommer lang wurde ich diese Angst nicht los.

Das Tal weitete sich. Jenseits der Berge der weiße Himmel Italiens, der Himmel des Comer Sees. Der Weg führte an verlassenen Hütten vorbei. Steine und graues Holz lagen herum. Auf einem verlassenen Gehöft lagerten Berge von Brennholz, gespalten und aufgeschichtet für den nächsten Winter und den nächsten Winter und den nächsten Winter. Niemand war da, um die Stube zu heizen und im Herd das Feuer zu halten.

Den letzten Bewohner des Gehöfts hatte der Tod geholt, bevor das Holz verbraucht war. Hohes Gras im ehemaligen Bauerngarten. Niemand mähte, niemand ließ die Rinder grasen, nur Wanderer kamen und hielten Mittagsrast auf dem verfallenen Hof, der einmal ein Zuhause gewesen ist.

Ich werde diesen Weg noch oft gehen. Schon des Wassers wegen und der mächtigen Fichten, deren Wurzeln das Gestein umklammerten, die ohne Erde zu leben schienen. Der Weg schlängelte sich um eine Felsplatte. Kein Geländer gab Halt, kein Gebüsch versperrte den Blick in den Abgrund. Es war ein Ort, an dem die Herzen der Selbstmörder schneller zu schlagen beginnen. Von unten grüßte Promotogno, riefen die Glocken der Kirche von Bondo, ein Postbus quälte sich durchs enge Dorf, immer in Gefahr, in die Maira zu stürzen.

Ob an dieser Stelle schon jemand in die Tiefe gesprungen ist? Ich müßte die Friedhöfe der Umgebung absuchen, die kleinen Ruheplätze in Soglio, Bondo und Vicosoprano. Kaum zu glauben, daß jemand ins Bergell kommt, um hier freiwillig zu sterben. Solche Ängste trägt man in die Nordsee, auf die Brücken und Hochhäuser, aber nicht in dieses schöne, unschuldige Tal.

Ich gebe zu, dann und wann an freiwilliges Sterben gedacht zu haben. Wer täte das nicht? Meistens abends, wenn ich allein im Haus saß, das Fernsehprogramm mich anödete, der Schlaf nicht kommen wollte, weil Julia unterwegs war, irgendwo. Immer dachte ich an die Brücke über den Köhlbrand, dieses schlanke Bauwerk, das sich zu beachtlicher Höhe aufschwingt. Ich wünschte mir, den Hafenmöwen gleich dem grauen Wasser entgegenzugleiten. Von der Köhlbrandbrücke sind schon einige hinuntergesprungen, weil es ein formvollendetes Bauwerk ist und seine Schönheit die Selbstmörder anzieht. In Schönheit sterben, wenigstens das noch in Schönheit. Man sollte Vorkehrungen treffen gegen solche Verführung. So wie sie die Turmplattform der Michaeliskirche mit einem hohen Gitter versehen haben, damit niemand dem Erzengel auf den Kopf fällt.

Ich pflückte Blumen. Julia hätte auch Blumen gepflückt. Sie wäre vermutlich beim Blumenpflücken in den Abgrund gestürzt.

Dem Mädchen von der Post könnte ich die Blumen schenken, wenn ich abends hinging, um in Deutschland anzufragen, was aus dem 10. Juli geworden ist.

Aus den Wiesen grüßte Soglio. Dieses Soglio müßte einer besingen, der sich darauf versteht. Aber ich bin nur ein

Computerfachmann der Firma Wulf & Sohn, das Singen ist mir längst vergangen. Auch wäre Soglio zu malen, von allen Himmelsrichtungen und Felskanten aus. Wenn ich nur malen könnte. Soglio ist anders als die grauen Steindörfer unten an der Maira. Sein Geheimnis ist der Südhang. Dorthin kommen die Schatten später, in Soglio scheint auch im Dezember die Sonne. Hinter Soglio öffnet sich das Tal zur italienischen Ebene, die Schneehänge der Sciora leuchten, als stünde am Ufer des Comer Sees ein Scheinwerfer, der nichts anderes zu tun hat, als das Bergell anzustrahlen.

Verwitterte Steinstufen führten nach Soglio hinab. Soglio ohne Durchgangsstraße, einfach Sackgasse. Die engen Stege zugehängt von überstehenden Dächern. Keine Autos, aber Wanderer. Und Wegweiser in alle Himmelsrichtungen: 3,5 Stunden, 5 Stunden, 8 Stunden – bis zur Erschöpfung kannst du wandern.

Ich kaufte Ansichtskarten. Nicht um sie zu verschicken, sondern um Soglio zu besitzen. Und eine Tüte mit italienischen Kirschen. Primitive Gartenstühle vor einem Gasthof neben wackelnden Tischchen. Wanderer hatten ihre Rucksäcke aufs Pflaster gelegt, die Stöcke an die Hauswand gestellt. Ich nahm Platz am letzten freien Tisch, aß meine Kirschen und bestellte Kaffee.

Soglio hätte dir gefallen, Julia. Früher jedenfalls, als du die Schönheit noch wahrnehmen konntest. Heute fiele dir nur Oberflächliches zu Soglio ein. «Schick» würdest du sagen oder «toll» oder «ganz schön».

Zwei Frauen mittleren Alters setzten sich an meinen Tisch, bestellten eine Mischung aus Bier und Limonade und hatten dabei große Mühe, der Bedienung zu erklären, was sie wollten. Dieses Zeug heißt überall anders. Während ich Kirschen aß, hörte ich ihnen zu. Die Strecke von

Cröt über Preda und Pass da la Prasignola hatten sie in weniger als neun Stunden zurückgelegt. Darauf waren sie stolz. Ob man einer Klasse fünfzehnjähriger Mädchen einen solchen Marsch zumuten könne? Ob es im Bergell Jugendherbergen gibt, die ganze Schulklassen aufnehmen?

Es waren Lehrerinnen aus Dortmund. Mit der einen, der kleinen Dunklen, konnte ich mir einen Tanzabend in einer lauten Diskothek vorstellen, aber dergleichen gab es wohl nicht in diesen mittelalterlichen Dörfern. Ich blickte sie über den Rand meiner Kaffeetasse an. Natürlich merkte sie es.

Vielleicht könnte eine Frauenbekanntschaft mir helfen, wieder ein normaler Mensch zu werden. Mit dem Mädchen von der Post zum Obelisken wandern oder mit der kleinen dunklen Lehrerin in eine Diskothek gehen. Sie einladen nach St. Moritz zum Tanz.

Die andere aus Dortmund trug einen Ehering. Voller Schrecken stellte ich fest: Du trägst ja noch Julias Ring am Finger, Werner Gersdorf. Ich wünschte ihren Tod, trug aber das Gold mit der Inschrift: Julia, 24. 8. 1972, bei mir. An jenem Tag fiel großer Regen auf Norddeutschland, aber schlechtes Wetter stand Verliebten noch niemals im Wege. Mit dem Taxi zum Standesamt in den Grindelhochhäusern. Rundherum Nässe und Düsternis, aber wir beide heiter Arm in Arm. Ja, ja, ja, natürlich sagten wir ja. Die beiden aus Dortmund tranken ihr Bier-Brause-Gemisch. Die kleine Dunkle lachte besonders viel. Natürlich lachte sie mich nicht an; sie hatte doch längst Julias Ring an meinem Finger entdeckt.

Wir leben in Scheidung, wie man das so sagt, aber ich trage ihren Ring, als wäre er mir ins Fleisch gewachsen. Das war der Gipfel der Tollheit! Nicht ich beantrage die

Scheidung, sie tut es! Weil ich nicht mehr mit ihr verkehre, läßt sie sich scheiden. Das sei nicht normal und entspreche nicht den Essentials – dieses sonderbare Wort kommt tatsächlich in der Klageschrift vor – einer Ehe. Sich einer Frau verweigern heißt sie beleidigen, schreibt der Anwalt der Klägerin mit Schreibmaschine auf dünnem Durchschlagpapier. Der verrückte Scheidungsprozeß will zu keinem Ende kommen. Anwälte und Richterin erkennen sehr wohl ihren Zustand und lassen sich Zeit, hoffend, der Fall werde auf natürlichem Wege zu einem Ende kommen. Mich hat die Arbeit der Anwälte schon einige tausend Mark gekostet.

Ist es zulässig, in der Klageerwiderung zu schreiben, daß sie mich anwidert, ihr fortschreitender Verfall mir den Atem raubt, ihre Sucht mich impotent macht?

Nein, das lassen wir lieber, sagt mein Anwalt.

Also gut, denken wir das nur.

Vor mir sitzt ein alter Herr mit grauen, erloschenen Augen. Er versichert mir, ihm sei nichts fremd, er habe schon mehrere hundert Scheidungsprozesse geführt, angefangen in den Nachkriegsjahren, als die Männer aus der Gefangenschaft kamen und die Frauen sich anderweitig vergeben hatten. Später die Wirtschaftswunderscheidungen, als sich herausstellte, daß der Partner wohl gut genug war für die harte Mühe des Aufbaus, aber danach dem erworbenen Rang und Wohlstand nicht mehr angemessen erschien. Seit einigen Jahren leben wir Anwälte von den Alkoholscheidungen, sagt mir der alte Herr, während Spitze und Druckknopf seines Kugelschreibers abwechselnd auf die Schreibtischunterlage pochen.

Ich hatte mal einen Mandanten in ähnlicher Lage wie Sie, Herr Gersdorf. Der nahm hundert Mark, kaufte mehrere Flaschen billigen Schnaps und deponierte sie zu Hause im

Kühlschrank. Danach begab er sich auf eine dreitägige Geschäftsreise. Als er heimkehrte, lag die Frau tot auf der Couch, der Scheidungsprozeß war beendet, das Haus brauchte nicht verkauft zu werden, die Akten wurden geschlossen. So einfach ging das.

Nur die eine war Lehrerin, die kleine Dunkle. Die andere ist vor Jahren Lehrerin gewesen, nun aber verheiratet und Mutter dreier Kinder. Die hatten ihr zehn Tage Urlaub bewilligt. Fahr endlich in dein geliebtes Bergell! hatte der Mann zu ihr gesagt.

Es gab auch Heiteres in meinem Sommer. Der Zufall wollte es, daß die kleine Dunkle, die einen halben Meter neben mir saß, ihren Kaffee verschüttete. Ein paar Spritzer trafen meine Hosenbeine. Sie entschuldigte sich.

«Nun mußt du dem Herrn mit einem Tempotaschentuch die Hose abwischen, Regine», meinte die dreifache Mutter.

«Schwarzer Kaffee gibt doch keine Flecken», wehrte ich ab.

Daraufhin verzichtete sie auf das Taschentuch. Eine Minute herrschte Schweigen, dann plauderten sie wieder über Schulklassen, Jugendherbergen und Bergellwanderwege, und ich, mit Julias Ring am Finger, war unfähig, den Faden weiterzuspinnen, ein Gespräch anzufangen. Regine hieß sie, das war alles. Ich zahlte, grüßte flüchtig und ging.

Bis zur Abfahrt des Busses hatte ich noch eine halbe Stunde Zeit für Soglio. Neben der Kirche fand ich den kleinen Friedhof, auf dem ich, hoch über dem Bergell, begraben sein möchte, wenn Begraben denn unbedingt nötig wäre. Eine Engländerin muß auch so gedacht haben. Die hatte es aus Manchester auf den Friedhof von Soglio getrieben. War sie auch vor einem trunksüchtigen

Dämon geflohen? Jedenfalls fand ich ihren Grabstein in Soglio, einen Grabstein mit schöner Aussicht zur schneebedeckten Sciora-Gruppe, gleich neben dem Eingangstor.

Im Bus traf ich die beiden aus Dortmund wieder. Die kleine Dunkle warf, als ich einstieg, einen prüfenden Blick auf meine Hose. Sie hätte nichts dagegen gehabt, auch jetzt noch über die Eigenschaften des schwarzen Kaffees und die Fleckentfernung mit einem Papiertaschentuch zu sprechen. Aber ich ging an ihr vorbei und setzte mich weiter nach hinten.

Eine atemberaubende Fahrt in die Kastanienwälder hinein. Die kleine Dunkle hielt die Hände vors Gesicht, wenn der Bus in einer Kehre auf Abgründe zusteuerte. Das war auch so eine, die Angst hatte vor der Tiefe, wie Julia.

Hinter uns traf die Abendsonne die Kirche von Soglio und den Grabstein der Engländerin. Ich werde noch oft nach Soglio wandern, dachte ich, als der Bus in den Schatten des Tals tauchte.

In Promotogno stiegen wir um in den Linienbus Castasegna–Pontresina. Ich verkroch mich wieder nach hinten. In Bogonovo stieg ein Mann zu, der mir bekannt vorkam. Vorsichtshalber stellte ich mich schlafend, überlegte mit geschlossenen Augen, ob er einer der Wanderer war, die ich auf dem Panoramaweg getroffen hatte. Oder kannte ich ihn aus Hamburg? Als ich in Vicosoprano die Augen öffnete, war er verschwunden.

Die beiden Frauen verließen mit mir in Casaccia den Bus, gingen zu einem Auto mit Dortmunder Nummer, benahmen sich wie Backfische, lachten und kicherten. Ich stand vor der Posthütte und sah sie davonfahren, dem Bus folgend zum Maloja.

Das war nun mein 10. Juli. Ich sollte anrufen und nach dem Ausgang fragen. Hohes Gericht, Sie können doch nie-

manden scheiden, der nicht da ist. Vielleicht lebt der An-
geklagte gar nicht mehr, vielleicht ist die Ehe schon
durch den Tod erloschen, so daß Sie sich die Mühe eines
Urteils sparen können.
Das Mädchen von der Post gab mir eine Leitung nach
Deutschland. Niemand da in Deutschland. Morgen werde ich es wieder versuchen, um zu erfahren, ob sie noch
lebt und wie es ausgegangen ist am 10. Juli.

Renata schlug vor, die Engadiner Konzertwochen in Chur
zu besuchen, die seien die Attraktion eines jeden Sommers. «Ich mag keine Musik», log ich. Konzerthallen erschienen mir gefährlicher als Wanderwege. Jemand könnte in der Pause zu mir kommen und sagen: Sind Sie nicht
der Gersdorf aus Hamburg, der seine Frau umgebracht
hat? Auf eine geheimnisvolle Weise umgebracht, niemand
kann es beweisen, aber wir in Hamburg wissen es alle.
Renata fragte auch nach den Fortschritten meiner Arbeit.
Sie fragte mit jenem sicheren Lächeln, als wisse sie genau,
woran ich arbeitete.
«Es geht nur schwer voran», log ich.
«Sie sind zuviel allein», entschied Renata. «Für die Arbeit
mag das gut sein, aber doch nicht Tag und Nacht allein.»
Ja, Renata meinte es gut. Ich habe sie immer nur als Mutter gesehen, niemals als Frau. Auch wenn sie ohne die
Kinder zu mir kam, um aufzuräumen und Staub zu sau-
gen. Sie erinnerte mich nur an Kinder, auch an die eige-
nen, die wir uns hätten anschaffen sollen, bevor Julia in
die Hände des Dämons fiel.
«Es gibt kein Wasser in der oberen Wohnung», behaupte-
te Renata immer wieder.
«Wie heißt das Mädchen von der Post?» fragte ich sie.
Die Frage überraschte Renata. Sie schien zu denken, daß

jenes Mädchen doch ein junges, grünes Ding sei und ich ein professore um die Vierzig. Was also hatte ich mit dem Mädchen von der Post zu schaffen?

Sie wußte den Namen nicht. Es sei eine Fremde aus dem Tal, vermutlich aus Bondo.

Das mit dem Wasser in der Wohnung des professore müsse eine Sinnestäuschung sein. Fast täglich überzeuge sie sich vom guten Zustand der oberen Räume, Wasser gäbe es dort nicht. Was ich hörte, sei vielleicht der Wasserfall am Berg. Der rausche mit unterschiedlicher Heftigkeit, früher soll es vorgekommen sein, daß er nachts verstummte und am Morgen wieder zu fallen begann. Ich aber hörte es tropfen aus Bierfässern und Weinflaschen, hörte Lebenswasser und billigen Fusel, perlenden Sekt und streng riechenden Rotwein in den Ausguß plätschern.

Ich solle doch mal zum Staudamm hinauffahren, riet Renata. Dort arbeite ihr Mann. Der könne mir das Kraftwerk zeigen und einiges erzählen über den See, den Damm, die Gletscher und die Bergketten.

Es ist wahr, ich hatte noch kein Wort mit Renatas Mann gesprochen. Dabei kannte ich ihn gut von seinen Sonntagmorgenspaziergängen mit den Kindern hinauf zum Obelisken. Er saß, wo ich zu sitzen pflegte, während die Kinder am Hang Blumen pflückten. Begannen die Kirchenglocken zu läuten, ging er quer durch die blühenden Wiesen, an jeder Hand ein Kind, zu Renatas Sonntagsbraten. Das Mittagessen nahmen sie auf der Terrasse ein unter einem blumenbunten Sonnenschirm, Renata, der Mann und die beiden Kinder. Auf dem Tisch stand auch eine Flasche Rotwein. Nach dem Essen zogen sich die Eltern zum Mittagsschlaf zurück, während die Kinder auf der Wiese bunten Schmetterlingen nachjagten. Ja, ich werde zum Staudamm hinaufgehen.

«Zu Fuß dauert es vier Stunden aufwärts und drei Stunden abwärts», meinte Renata. Ich solle besser die Pranzaira-Seilbahn nehmen. Einen Fußmarsch hielt Renata auch für gefährlich. Es gebe da eine Schlucht, nur zehn Meter breit, aber tief bis ins Innere der Erde, ein Riß im Fels, nur Schnee und Regen fallen zum äußersten Grund, kein Funken Licht. An dieser schrecklichen Schlucht führe der Fußweg entlang. Wenn im Bergell ein Mensch verschwinde, sagen die Alten, sei er in die Albigna-Schlucht gefallen.

«Ist es wahr, daß der Malojawind Kopfschmerzen verursacht, Renata?»

Davon wußte sie nichts. Sie riet mir, den professore aus Genf zu fragen. Der kenne sich in den Dingen aus.

Eine Stunde morgens, eine halbe Stunde abends, das waren meine Kopfschmerzen. Morgens heftiger, abends milder. Ich hatte früher nie unter Kopfschmerzen zu leiden, aber hier kamen und gingen sie mit dem Malojawind. Ich führte sie auf eine Veränderung der Luft zurück. Ein bißchen mehr oder weniger Sauerstoff, ein Druckgefälle, das meinen Schädel einbezog. Renata dagegen war so strotzend gesund bei allen auf- und absteigenden Winden, wie nur jemand gesund sein kann, der Kinder hat und einen Mann und genug zu tun und wenig zu denken und keinen Alkohol.

Ich verschob den Aufstieg zum Albigna-Staudamm von Tag zu Tag, redete mir ein, es müßte ein ganz bestimmtes einmaliges Wetter sein. Wolkenloser Himmel, nicht der geringste Hinweis auf Gewitter, keine Schwüle, die gute Fernsicht nicht zu vergessen. Als ich eines Morgens mit meinem Auto zur Talstation fuhr, zweifelte ich noch, ob ich wirklich hinauf wollte. Zunächst musterte ich die geparkten Autos vor der Seilbahn, weil ich unerwünschte Begegnungen ausschließen wollte. Als nördlichstes Autokennzeichen fand ich Frankfurt am Main. Das gab mir Mut, eine Karte zu lösen für Hin- und Rückfahrt. Ein halbes Dutzend junger Leute fuhr in Begleitung eines Bergsteigers mit mir hinauf. Sie plapperten aufgeregt und machten sich gegenseitig Mut, nahmen mich, der ich still in der Ecke stand und das Tal unter mir entgleiten sah, gar nicht wahr. Vicosoprano tauchte unter der gelben Gondel auf, die Maira nur noch ein heller Strich im Grün des Tals, Casaccia zur rechten Hand von der Sonne so heftig beschienen, daß das Licht vom hellen Gestein der Häuser zurückschlug und mich blendete.

Als die Schlucht kam, schloß ich die Augen. Die Gondel überquerte sie mühelos, doch fühlte ich unter mir die anziehende Tiefe. Köhlbrandbrücke, Michaeliskirche, Felsen von Helgoland, immer dieser verführerische Sog der Tiefe. Julia hatte damit angefangen und mich angesteckt.

Jenseits der Schlucht hörte der Wald auf. Grünes Buschwerk und herbstlich gelbes Gras wuchsen zwischen den Felsen. Von den Schneefeldern her wehte ein kühler Wind, sogar in der Gondel war er spürbar. Leise surrend glitt sie an einem Stahlseil hinauf, rüttelte heftig, als wir über einen Mast fuhren. Der Beton des Staudamms kam näher, wuchs zu einer hellgrauen Wand, zu einer Mauer hoch wie die Michaeliskirche, aber sanft gewölbt. Im kalten Schatten der Mauer war nichts außer Gestein und Geröll. Und wieder rauschte Wasser. Es trat am Fuß der Mauer aus der Erde und schoß über Felstrümmer hinweg auf Casaccia zu. Plötzlich grelles Licht, als wären Scheinwerfer eingeschaltet. Die jungen Leute jubelten. Wir befanden uns jenseits der Mauer. Vor uns eine zweite Mauer, eine Steilwand aus Eis am gegenüberliegenden Ufer des Sees. Die schmerzende Helligkeit kam von den Gletschern, Sonnenlicht reflektierte in Eis und Schnee und auf dem milchig weißen Wasser. In dem Kessel war es warm. Der See atmete, Dunst stieg an den Ufern auf, verflüchtigte sich auf halber Höhe. Die Krone des Staudamms ein geräumiger Weg, breit wie eine Landstraße erster Ordnung, geeignet für Märsche und Paraden. Die jungen Leute schulterten ihre Rucksäcke und wanderten den Damm entlang, jodelten die Bergwände an, ließen mich allein zurück. Ich lehnte am Geländer der Staumauer. Zu meinen Füßen ein toter See, in dem kein Fisch sprang, auf dem kein Vogel niederging. In der Ferne Casaccia. Deutlich erkennbar seine Dächer, der Zeiger der Sonnenuhr, das winzige Viereck des Friedhofs, meine Terrasse mit den jungen Birken. Aus der Höhe betrachtet, kam es mir vertraut vor. Mein bisheriges Leben hatte sich in der Großstadt zugetragen, Land und Dörfer kannte ich nur von Wochenenden und Urlaub, aber zwei Monate Bergell reichten aus, um das alte, graue, steinige, beinahe menschenverlassene Casaccia zu mögen. Maloja war gut einsehbar, aber nicht St. Moritz. Weiter nordöstlich müßte Innsbruck liegen, wo wir vor Jahren auf der Durchreise zu Mittag gegessen hatten. Hinter Innsbruck Deutschland. Während ich in klarer, sauberer Luft über dem Albigna-Stausee am Geländer lehnte, starb Julia tausend Kilometer nördlich von hier vor sich hin. Nein, sie war längst tot. Wenige Menschen oben in der Eiswüste. Keine Spur von Renatas Mann. Die jungen Leute versammelten sich vor einer Hütte oberhalb des Sees. Sie wollten das Bergsteigen lernen, übten Aufstieg und Abstieg an einem haushohen Felsen neben der Hütte. Ich hörte ihre Stimmen, die Rufe des Bergführers und ihre Antworten. Aus dem Schornstein der Hütte kräuselte Rauch. Sie werden also kochen dort oben. Großartig, so ein gemeinsames Abenteuer im Berg. Am Felsen hängen und sich ganz auf den anderen verlassen können. Niemand lallt wirres Zeug, keiner sagt: Laß mich endlich in Ruhe! Mit denen könnte man den Felsen von Helgoland erklettern oder den Hamburger Michel, ohne Furcht, zu stürzen.

Fliegen müßte man können. Wie die Krähen, die neben mir auf dem Geländer Platz genommen hatten und sich plötzlich in die Tiefe fallen ließen. Von der Staumauer abwärts ins warme Tal, wo Wasser rauschte, Kuhglocken bimmelten und Wanderer sich schwitzig rannten.

Den Abstieg unternahm ich zu Fuß. Ein breiter Weg mit mäßigem Gefälle nahm mich auf, doch plötzlich die Schlucht. Es half kein Augenschließen, ich mußte an ihr vorbei, dem Weg folgend, der den Abgrund vorsichtig umging. Unten nur Düsternis. Wer hier springt, ist nicht mehr zu finden, fällt ins Innere der Erde. Nur nicht stehenbleiben! Nicht in die Tiefe schauen.

Unterhalb der Schlucht begann die Zone des Lebens. Gestrüpp, Wald, modernde Stämme, tropfendes Wasser, Pilze. Im Bergell haben sie Schontage für das Sammeln von Pilzen eingeführt, damit sie nicht völlig ausgerottet werden. Das stand in Renatas klugem Buch.

Ein Bach rauschte mit mir talwärts, ein Nebenfluß der Maira, die Albigna. Niemand kam mir entgegen, niemand überholte mich. Nur die gelben Gondeln glitten geräuschlos wie aufgeschreckte Vögel über mir in die Tiefe. Wie lange willst du das noch aushalten, Werner Gersdorf?

Immer Bergwandern, Besuche im ewigen Eis, blühende Almen und glühende Sonnenuntergänge, Angsthaben vor tiefen Schluchten und vor Menschen, vor dem tropfenden Wasser in der oberen Wohnung und dem Malojawind, der Kopfschmerzen bereitet. Ich war gekommen, um Julias Alptraum auszuträumen, aber ich lebte ihn wieder und wieder nach, er begann jeden Tag aufs neue, er klang nicht ab.

Immer dieselben Bilder: Knie aufgeschlagen, Zahn ausgeschlagen, im Fliederbusch vor der Haustür liegend. Ob ich mit geschlossenen Augen auf der Terrasse lag, zum Septimer hinaufwanderte oder vom Albigna hinunter, ob ich Soglios Kastanien bewunderte oder zuhörte, was die Wanderer sprachen, die an meinem Fenster vorübergingen, immer war sie da, meine traurige Geschichte mit Julia. Wann hatten wir zuletzt zusammen geschlafen? Das mußte über zwei Jahre zurückliegen. Seit zwei Jahren schliefen wir in getrennten Räumen. Nicht ich war aus dem gemeinsamen Schlafzimmer ausgezogen, sondern sie. Ihre nächtliche Heimkehr erschreckte mich jedesmal. Halb ausgezogen sitzt sie im Bett und raucht noch schnell eine Zigarette, stößt unkontrollierte Laute aus. Danach schläft sie ein, aber ich liege da mit offenen Augen, immer nur denkend: Was kannst du dagegen tun? Morgens wanke ich müde ins Büro, und Timmann sagt: Schlecht geschlafen, was?

Auf keinen Fall verläßt du das gemeinsame Schlafzimmer, denke ich. Wenn du ausziehst, ist sie verloren. Es könnte sein, daß sie nachts einmal traurig wird, und du bist nicht da. Es könnte sein, daß ein Augenblick kommt, in dem sie ansprechbar ist, aber du bist ausgezogen und verschläfst ihn einen Stock tiefer. Oder sie wird krank, und du bist nicht bei ihr. Morgens kommst du in ihr Zimmer, da ist es schon zu spät. Irgendwann wird es eine Nacht geben, so gegen halb vier, da kommt sie in dein Bett gekrochen, kuschelt sich an deinen Körper und flüstert: Halt mich bloß fest, sonst falle ich runter von der Köhlbrandbrücke oder dem helgoländischen Felsen oder der St. Michaelis-Kirche.

Die Nacht ist nie gekommen. Um halb vier morgens wurde sie gewöhnlich wach weil der Dämon Nahrung brauchte. Ich hörte das mahlende Geräusch des Schraubverschlusses, danach ein Schlürfen aus der Flasche. Als ich Julia kennenlernte, konnte sie nicht aus der Flasche trinken, sie verschluckte sich regelmäßig. Jetzt trinkt sie fast nur noch aus der Flasche, es geht schneller.

Wahrhaftig, ich hatte Grund genug, das gemeinsame Schlafzimmer zu verlassen, aber sie tat es. Du schnarchst so fürchterlich, das kann kein Mensch ertragen, sagt sie. In Wahrheit ist es so, daß meine Anwesenheit sie stört, wenn sie um halb vier früh zur Flasche greifen muß und um halb sieben, wenn mein Wecker schrillt, wieder. Es stört sie auch, daß ich gelegentlich frage: Kann ich dir helfen, Julia?

Kurz vor der Talstation begegneten mir Menschen. Ein Ehepaar mit zwei Kindern rastete am Fluß. Mann und Frau saßen auf einer Decke im Moos, die Kinder warfen Steine ins schäumende Wasser. Grüezi! Ich wäre gern stehengeblieben. Aber was sollte ich sagen? Über die Beschwerlichkeit des Abstiegs sprechen, nach der Schlucht fragen, ob sie auch von unten erreichbar sei oder nur im freien Fall von der Klippe?

Kaum unten angekommen, begannen die Kopfschmerzen. Ich kühlte den Kopf mit kaltem Wasser aus dem Fluß. Das half für wenige Minuten, aber als die Stirn trocken war, kamen die Kopfschmerzen wieder. Ich ging zum Auto, überzeugte mich, daß kein Zettel unter dem Scheibenwischer steckte, kein Hummel-Hummel herzlich grüßen ließ.

Eigentlich wollte ich nur etwas trinken, aber die Bedienung verstand mich falsch und brachte die Speisekarte. Das Hotel «Pranzaira» empfiehlt die besten Forellen des

Bergell. Also gut, Forelle. Ohne auf den Preis zu achten. Einmal königlich essen, das darf einem Eremiten wie mir doch erlaubt sein. Die Bedienung fragte, ob ich mir das Tier aussuchen wolle, das ich zu verspeisen gedenke. Nein, wollte ich nicht. Bevor das Essen kam, besichtigte ich die Wände des «Pranzaira». Sie waren geschmückt mit vergrößerten Fotografien aus den zwanziger Jahren, Bilder von Autofahrten zum Maloja mit wunderlich gekleideten Damen und Herren. Eines der Mädchen, das neben einem Cabriolet stand, sah aus wie Julia in ihren besten Tagen. Aber nicht ich saß hinter dem Lenkrad, sondern ein Herr mit Lederkappe und Lederhandschuhen.

Und wieder ein Mißverständnis. Die Bedienung hielt es für selbstverständlich, daß ich zur Forelle Wein trinke. Sie brachte mehrere Flaschen zur Auswahl, empfahl einen trockenen italienischen Weißwein. Warum schickte ich den trockenen Italiener nicht zum Teufel? Ich probierte, nickte zustimmend, die Bedienung schenkte ein Glas voll, stellte die Flasche daneben. Er bekam mir besser als der rote «Montagne». Vor allem: Meine Kopfschmerzen hörten plötzlich auf. Und die alten Bilder an den Wänden bekamen Farbe. Ich war nun ziemlich sicher, daß die junge Frau neben dem Cabriolet Julia war. Hübsch und verführerisch, immer nur jasagend, sich an meinen Arm hängend, von keinem Verfall getrübt, ein verklärtes Bild.

Den roten «Montagne» hatte ich ausgespuckt, aber den trockenen Italiener behielt ich. Das machte mir ein schlechtes Gewissen, Julia gegenüber.

Auf der Heimfahrt dachte ich, sie noch anzurufen, um ihr zu berichten, daß ich entgegen allen Versprechungen italienischen Weißwein getrunken hatte. Aber das Mädchen von der Post war nicht mehr da. Außerdem – wie konn-

test du das vergessen, Werner Gersdorf – Julia war doch
längst tot, von keinem Telefon mehr zu erreichen. Dabei
wollte ich ihr nur, beschwingt wie ich war von dem weißen Wein, eine gute Nacht wünschen.

Doch die Leitung war tot. Nicht falsch verbunden, nicht
besetzt, einfach tot. Sie hat die Telefonrechnung nicht
bezahlt, daraufhin sperrt ihr die Post den Anschluß. Was
geschieht, wenn eine alleinstehende Person stirbt? Telefon
abmelden ist das erste. Aus dem Türschlitz dringt Geruch
der Verwesung. Der Briefträger bemerkt es oder der Ab-
leser vom Wasserwerk oder die Männer der Störungs-
stelle. Weil der Anschluß dauernd besetzt ist, kommen
sie, um nachzusehen. Sie finden Julia auf dem Fußboden
neben dem Telefonapparat. Der Hörer baumelt vom
Tischchen.
Ich könnte jetzt nach Hause fahren, die Wohnung auf-
räumen, die Erinnerungen hinaustragen, die Spuren des
Dämons mit einem nassen Lappen verwischen. Ich könnte
liebliche Bilder aufhängen. Julia in Lebensgröße auf dem
Felsen Helgoland. Julia in Amsterdam, im Hintergrund eine Gracht. Julia inmitten unserer Rosen. Ich
könnte wieder heiraten. Vielleicht das Mädchen von der
Post. Auf unserer Hochzeit soll es nur Milch zu trinken
geben und klares Bergwasser.
Verbrennen in Ohlsdorf. Außer den Angestellten des
Krematoriums ist niemand da, kein Nachbar, kein
Freund, der Ehemann schon gar nicht. Alkoholiker werden schnell einsam. Sie wollen es so, denke ich. Einsamkeit enthebt sie der Mühe, Normalität vortäuschen zu
müssen. Und die Umwelt will es auch so. Anfangs bemü-
hen sich Freunde und Bekannte. Weniger, um zu helfen,
als das eigene Gewissen zu beruhigen. Gelingt es nicht –

und es gelingt fast immer nicht –, lassen sie den Kranken fallen. Sie sind beleidigt, weil er ihren guten Rat nicht angenommen hat, weniger zu trinken. Dem ist nicht zu helfen, sagen sie und brechen die Kontakte ab. Der Alkoholiker wird als nicht normal empfunden und von der Liste gestrichen; man pflegt keinen gesellschaftlichen Umgang mit Geisteskranken.

Wo waren Sie, Herr Gersdorf, als Ihre Frau verbrannt wurde?

Ich? Ach, ich bin ein wenig in den Alpen spazierengegangen.

Finden Sie das nicht unmenschlich, Herr Gersdorf?

Nicht im geringsten. Es war Notwehr, entweder in den Alpen spazierengehen oder in die Elbe springen.

Eigentlich wollte ich das Mädchen von der Post nach seinem Namen fragen, aber als ich in der Holzhütte stand, bat ich wieder nur um eine Amtsleitung.

«Hier ist Gersdorf», sagte ich. «Lebt meine Frau noch?»

«Na endlich melden Sie sich! Mensch, Gersdorf, seit zwei Monaten versuche ich, Sie zu erreichen, komme aber nicht durch.»

«Ist meine Frau noch am Leben?»

«Warum sollte sie nicht leben? Ich habe nichts Gegenteiliges gehört. Aber nun sagen Sie endlich, wo Sie stecken.»

«Das möchte ich nicht.»

«Ich muß Ihnen dringend ein paar Schriftsätze zuschikken. Auch sollten Sie zu einer Besprechung kommen, es gibt neue Entwicklungen in Ihrem Fall. Rufen Sie aus der Stadt an oder von außerhalb?»

«Das sage ich nicht.»

«Mensch, Gersdorf, es könnte etwas Schlimmes passieren! Stellen Sie sich vor, Ihre Frau setzt das Haus unter Wasser oder steckt es an.»

«Dann brennt es eben ab», sagte ich ruhig. «Am liebsten nachts, wenn sie schläft. Sie raucht doch immer vor dem Einschlafen.»

«Wie können Sie das nur sagen!» rief die Stimme aus Hamburg.

Das Mädchen hörte auf zu arbeiten und starrte durch die Glasscheibe. Sie verstand kein Wort von dem, was wir sprachen, aber sie fühlte wohl, es mußte ein furchtbares Gespräch sein.

«Was ist eigentlich am 10. Juli passiert?» fragte ich.

«Es hat keinen Termin gegeben.»

«Also bin ich noch mit ihr verheiratet?»

«Der Scheidungstermin wurde auf unbestimmte Zeit vertagt.»

«Aber wenn sie tot ist, bin ich nicht mehr verheiratet! Das ist doch richtig, oder?»

«Mensch, Gersdorf, ich weiß nicht, ob sie tot ist. Ich habe lange nichts von ihr gehört. Mehr kann ich nicht sagen.»

«Ich warte auf ihren Tod!» schrie ich in die Leitung. «Ich werde mein Haus nicht eher betreten, bis sie tot ist.» Nach diesem Satz hängte ich ein.

«Fünf Franken achtzig», sagte das Mädchen und lächelte. Ich zählte das Geld ab, gab mir Mühe, die Hände ruhig zu halten.

«Endlich haben Sie mal Anschluß bekommen», meinte die freundliche Stimme des Postmädchens. Ich sollte sie wirklich nach ihrem Namen fragen. Irgendwann werde ich es tun, und sollte ich je wieder heiraten, wäre sie die erste, die ich fragen würde.

Warum sollte sie nicht leben? hatte mein Anwalt in Hamburg gesagt. Warum sollte sie leben, immer noch leben? hätte ich antworten sollen. War es nicht genug, endlich genug?

Ein Kollege von Wulf & Sohn, gerade durch mit seiner Ehescheidung, hatte mir den Anwalt empfohlen. Ich kann verstehen, daß du dich scheiden lassen willst, sagte er. Das hält ja kein Mensch aus. Aber nein, nicht ich will mich scheiden lassen, Julia will es.

So einfach geht das. Jeder weiß, daß sie Alkoholikerin und nicht mehr Herr ihrer Sinne ist, aber es genügt, einen Anwalt aufzusuchen, eine Vollmacht zu unterzeichnen, und der klagt los. Natürlich muß auch ich einen Anwalt nehmen und viel Geld dafür bezahlen, auch den ihren bezahle ich mit, so sind die Gesetze. Dann unser Auftritt vor Gericht. Die Familienrichterin fragt Julia, ob sie in ärztlicher Behandlung sei. Julia verneint. Es gebe keinen Anlaß, zum Arzt zu gehen, sie sei kerngesund, und das schon seit Jahren.

Warum sie die Scheidung wünsche? fragt die Frau in der schwarzen Robe.

Er schläft nicht mehr mit mir, antwortet Julia und zeigt mit dem Finger auf mich.

Die Richterin blickt die Klägerin an, dann mich, dann die beiden Anwälte, schließlich den roten Aktendeckel. Also lassen wir das mal, sagt sie und klappt die Akten zu. Lange Zeit kein neuer Termin. Das hohe Gericht hofft, der Fall erledige sich von selbst. Entweder macht die Frau eine Entziehungskur, oder sie stirbt, oder – aber das kann die Dame in Schwarz wohl nicht im Ernst erwartet haben – der Beklagte schläft wieder mit der Klägerin.

Ein dreiviertel Jahr später teilt das Gericht den endgültigen Scheidungstermin mit, den 10. Juli. Zwei Monate vorher steige ich aus und fahre zu den Seychellen.

Jener gemeinsame Auftritt vor Gericht hatte mich tief getroffen. Nie wieder wollte ich mit ihr vor Gericht erscheinen. Ich schämte mich vor mir selbst und den Leuten in den schwarzen Roben, vor dem Mädchen mit dem Stenoblock und den peinlichen Fragen.

Warum wollen Sie denn mit Ihrer Frau nicht mehr verkehren?

Ich bitte das Gericht, den Beklagten von der Beantwortung dieser Frage zu entbinden.

Also gut, lassen wir das, sagt die Familienrichterin.

Julia auf der einen Bank, ich auf der anderen. Sie plappert fortwährend wirre, halbfertige Sätze, das Gericht ermahnt sie, ruhig zu sein. Ich in grauem Anzug und weißem Hemd mit weinroter Krawatte schweige um so beharrlicher. Alle Blicke sind auf mich gerichtet.

Was ist denn da schiefgegangen, Herr Gersdorf? Was haben Sie verkehrt gemacht mit Ihrer Frau?

Diese Pharisäer und Klugscheißer! Die Freunde, die Arbeitskollegen, die Leute auf den Ämtern, die Pastoren, die Ärzte und Sprechstundenhilfen, die Anwälte, Richter und Stenogrammädchen. Keiner sagt es mir ins Gesicht, aber ich fühle, was sie denken.

Das also ist der Ehemann der kranken Frau Gersdorf, denken sie. Was hat der Kerl angerichtet? Ist er fremdgegangen? Hat er sie mißhandelt oder immer allein gelassen? Von nichts kommt nichts, denken sie. Kein Mensch wird aus heiterem Himmel alkoholkrank. Also welche Macke hat er, der feine Herr Gersdorf? Dieser Dämon bringt es tatsächlich fertig, sich den Anschein der Unschuld zu geben. Er hat die zivilisierte Welt einschließlich der Mediziner und Psychologen in den Glauben versetzt, an einer Alkoholkrankheit müßten andere die Schuld tragen, der Ehepartner, die Familie, der Arbeitgeber, die Kollegen, die schlimmen Verhältnisse. Um dieses Leben zu ertragen, griff sie (er) zur Flasche! Dieser Satz ist die große Ausrede, die über allen Alkoholikerschicksalen schwebt, ist die wundersame Ableitung menschlichen Unglücks auf äußere Umstände. Er ist eine Lebenslüge. Wahr dagegen ist, daß weder die Umwelt noch der Kranke Schuld tragen, aber der Kranke allein es in der Hand hat, seine Zustand zu ändern. Wenn er nicht will oder kann, muß er stürzen, stürzen, stürzen... Wer äußere Umstände als Entschuldigung zuläßt, versperrt jeden Weg zur Heilung.

Haben Sie Ihre Frau lieblos behandelt, Herr Gersdorf?

Geh endlich mit Julia zum Arzt, Werner! Du mußt etwas unternehmen, so geht es nicht weiter!

Sie müssen sich mehr um Ihre Frau kümmern, Herr Gersdorf. Gestern abend sahen wir sie wieder am Glascontainer mit den Flaschen reden.

Versuch es mal mit den Guttemplern oder den anonymen Alkoholikern!

Die Welt vollgestopft mit guten Ratschlägen. Und jeder verbunden mit einem Vorwurf an mich.

Haben Sie mal daran gedacht, die Krankheit Ihrer Frau mit Gottes Hilfe zu besiegen, Herr Gersdorf?

Nein, daran habe ich nicht gedacht.

Beten Sie gemeinsam mit Ihrer Frau um Heilung, Herr Gersdorf.

Ach, du lieber Herr Pastor! Julia lacht mich aus, wenn ich ihr mit Beten komme. Wenn du willst, bete ruhig, wird sie sagen. Du hast es nötig, ich nicht.

Ich melde sie zur Entziehungskur an, habe einen festen Platz, aber wer geht nicht hin? Julia.

Ich schleppe sie zur Beratungsstelle und in die Therapiegruppe. Ich verzichte auf meinen Sportabend, weil das Gruppengespräch am Dienstag stattfindet und ich bei ihr sein will, vor allem auf dem Heimweg, der an vielen Kneipen und Imbißbuden vorbeiführt. Aber nur einmal kommt sie mit. Versteckt in ihrer Unterwäsche transportiert sie den lebenswichtigen Nachschub. Mitten im Gruppengespräch geht sie zur Toilette und kommt «gestärkt» wieder. Auf dem Nachhauseweg will sie sich totlachen. Originalton Julia: Das sind doch alles Verrückte, da gehör ich nicht hin.

Unsere endlosen Gespräche am Abend. Jeder kann von dieser Krankheit geheilt werden. Rund 4000 Selbsthilfegruppen gibt es in Deutschland, 450 Behandlungs- und Beratungsstellen, an die 300 stationäre Einrichtungen.

Du mußt nur wollen, Julia. Ohne deinen Willen geht nichts.

Aber sie ist ja gar nicht krank. Vor dem Zubettgehen verspricht sie mir, morgen den Arzt aufzusuchen. Kaum graut der Tag, sagt sie: Was soll ich eigentlich beim Arzt, mir fehlt doch nichts.

Und gegen ihren Willen geht nichts, das wäre ja ein Eingriff in das heilige Persönlichkeitsrecht. Wenn deine Frau einen entzündeten Blinddarm hat, rufst du einen Krankenwagen, der bringt sie ohne viel zu fragen ins Krankenhaus. Ist deine Frau Alkoholikerin, kannst du nur still die Hände falten und hoffen, daß der Dämon einmal müde wird, ihr einen hellen Augenblick gönnt, in dem sie ihren Zustand einsieht und die Kraft findet, ihn wenigstens ändern zu wollen. Wenn das geschieht, mußt du dasein, Werner Gersdorf. Das ist der Augenblick, in dem über Leben und Tod entschieden wird, in dem du sie an die Hand nehmen mußt, um gemeinsam mit ihr aus der Finsternis zu gehen. Ich habe zu lange auf diesen Augenblick gewartet.

Sie ist sich ihres Zustands nicht bewußt.

Vierzehntausend Menschen sterben jährlich an alkoholbedingten Leberschäden, sage ich.

Das mag schon sein, antwortet sie, aber was geht es mich an.

Zwei Millionen Alkoholiker gibt es in Deutschland.

Das mag schon sein, sagt sie, aber nicht ich, das sind die anderen. Das bißchen, was ich trinke! Sieh dir mal die anderen an, wie die Tag für Tag schlucken. Ich bin nicht abhängig, nie im Leben bin ich abhängig...

Gut, beweise es mir. Trinke einen Tag lang keinen Tropfen, Julia, dann will ich es dir glauben.

Nichts leichter als das. Allerdings beschäftigt sie sich viel in der Küche an diesem Tag. In den Regalen stehen Dutzende kleiner Fläschchen mit bunten Etiketten von Saucen und Essenzen. Wochen später finde ich die großen Flaschen, zwei hinter der Waschmaschine und eine im Geschirrschrank, versteckt hinter Töpfen und tiefen Tellern.

An einem Sommerabend treffe ich einen fremden Mann. Ich trage Julia nach Hause, die ich im Park gefunden hatte. Der Mann fragt, ob er behilflich sein könne. Bis zur Haustür begleitet er mich, stützt Julia von rechts, ich stütze sie von links. Als ich sie im Haus habe und mich umschaue, steht er immer noch in der Tür. Ich gehe zu ihm und bedanke mich.

Lassen Sie sich kein schlechtes Gewissen einreden, sagt er ganz ruhig. Retten Sie Ihr eigenes Leben, Ihre Frau ist verloren. Niemand kann ihr helfen, wenn sie es nicht selber will. Sagen Sie ihr nie, daß sie krank ist. Kranksein wäre schon eine Entschuldigung. Für Krankheit kann der Mensch nichts, Krankheit überfällt einen so. Lassen Sie keine Ausrede gelten, nicht die lieblose Familie, nicht den Ehepartner, die Arbeit, die Arbeitslosigkeit, es ist nur Lüge.

Er läßt mich stehen und geht. An der Gartenpforte blickt er sich um.

Ich habe es selbst durchlitten, sagt er. Vor zwei Jahren war ich wie Ihre Frau. Nur kein Mitleid, um Gottes willen kein Mitleid! Sie müssen erbarmungslos fallen, fallen, fallen, bis sie den Himmel nicht mehr sehen können.

Er verschwindet in der Dunkelheit. Hinter mir höre ich Julia schreien.

Nach St. Moritz fuhr ich an einem Nachmittag, nicht mit dem Postbus, sondern mit meinem Auto. Es gehörte Mut dazu, das Bergell zu verlassen, nach dreizehn Wochen zum erstenmal. Und dann gleich in das Gewühl der Autonummern aus allen Winkeln Europas, auch deutsche, auch Hamburger erwarten mich. Die Schönheit des Engadins ging in der quirligen Geschäftigkeit unter. Ich war des Anfahrens, Abbremsens, des Hupens und Quietschens längst entwöhnt. Ein Vierteljahr hatte ich keine Ampel mehr gesehen, denn mein stilles Bergell war von diesem Fortschritt bisher verschont geblieben. Blaue Seen, an ihren Ufern aufsteigend die Lärchenwälder, über ihnen immer noch Schnee. Eine weiße Wolke verstopfte den Maloja. Dort quoll die Wärme des Bergell über die Bergkante ins kühle, klare Engadin und kondensierte zu einem Watteknäuel.

Also das war St. Moritz. Villen am Hang, Appartementhäuser mit bunten Markisen und Sonnenschirmen, ein Ort, um sich im Wohlstand zu ertränken und nichts mehr zu empfinden, wenn die Sonne glühend über Pontresina aufgeht. Ich fuhr zum Bahnhof St. Moritz-Dorf, kaufte an einem Stand eine Hamburger Zeitung, die dort so selbstverständlich aushing wie Londoner, Pariser und Wiener Blätter. Im Auto las ich sie durch von der Schlagzeile bis «Zu guter Letzt». Die Spielpläne der Hamburger Theater, Debatten in der Hamburger Bürgerschaft, Unglücksfälle auf dem Heidenkampsweg, aber keine Notiz über eine einsame Alkoholikerin, 39 Jahre alt, die sie Wochen nach ihrem Tod gefunden haben. Auch kein Brandunglück in meiner Straße mit viel Asche und dem Skelett einer Frau. Im Anzeigenteil prüfte ich, ob Gericht oder Sozialamt mich per Anzeige suchten. Vielleicht schwebte längst ein Verfahren, mich für tot zu erklären. Werner Gersdorf wird aufgefordert, sich bei den Lebenden zurückzumelden, widrigenfalls er für tot erklärt wird, wie jene, die in der Elbe verschwinden und bis Cuxhaven nicht angetrieben werden. Ich las jedes Wort, von Wirtschaft und Hafen bis Vermischtes, und fand auf Seite drei den Bericht über ein neues Tierschutzgesetz. Der Referentenentwurf sah vor, daß Alkoholiker künftig keinen Hund mehr halten dürfen. Die Zeitung gab auch eine Begründung für das Verbot: Ein Alkoholiker sei nicht in der Lage, für angemessene Ernährung, Pflege und Unterbringung des Tieres zu sorgen, Hundehaltung eines Alkoholikers sei Tierquälerei.

Mir stockte der Atem. Alkoholiker können Kinder zeugen und Kinder gebären, wie es ihnen gefällt. Alkoholiker können auch Kinder erziehen, betreuen und pflegen, jedenfalls ist es verdammt schwer, ihnen das Sorge- und Erziehungsrecht zu nehmen. Daß sie in Ausübung dieses Rechts ihre Kinder und Ehegatten gelegentlich mißhandeln, nun ja, das muß man wohl hinnehmen. Alkoholiker behalten das Wahlrecht, auch wenn die Gehirnatrophie so weit fortgeschritten ist, daß sie kaum noch ihren Namen schreiben können, es genügt ja ein Kreuz. Alkoholiker werden bis zum Delirium von der Gesellschaft behandelt, als seien sie normale, gesunde, denk- und entscheidungsfähige Menschen. Ehegatten, Kinder und Eltern der Alkoholiker verzweifeln, weil es schier unmöglich ist, Alkoholkranke gegen ihren Willen behandeln zu lassen. Aber nun ist ein Anfang gemacht. Wenigstens Hunde dürfen Alkoholiker nicht mehr halten, so human sind wir zu den Tieren.

Danach lief ich durch die Stadt, stundenlang. Mir machten sogar die Schaufenster Spaß. Das erinnerte mich an Julia, die an den Sonntagabenden so gern die Mönckebergstraße hinabgebummelt war, nur um zu schauen.

Ich tauschte deutsches Geld in Schweizer Franken, erschrak über den Wertverlust meiner Mark. Wie lange könnte das noch reichen? Ein halbes Jahr höchstens, wenn ich sparsam mit dem Geld umginge. Im nächsten Frühling wird es zu Ende sein. Dann muß ich in die Albigna-Schlucht springen oder nach Deutschland zurückkehren. Ob Wulf & Sohn mich wieder einstellt? Ich werde zu Altenberg gehen: Herr Altenberg, werde ich sagen, damals habe ich den Verstand verloren wegen der Krankheit meiner Frau. Nun ist sie tot, und ich bitte Sie, mir eine Chance zu geben. Eine Verrücktheit hat jeder Mensch im Leben gut, ich habe sie hinter mir. Mit mir gibt es keinen Ärger mehr.

Hinauf zum Piz Nair wollte ich, um das Engadin zu Füßen zu haben. Aber in der Vorhalle des Bahnhofs begegnete mir ein bekanntes Gesicht. Ich konnte es nicht genau unterbringen, doch es irritierte mich. Ich wollte mit diesem Gesicht nicht in der Gondel zusammentreffen, mich nicht Fragen nach Woher und Wohin aussetzen. Deshalb verzichte ich auf die Höhensicht, tauchte unter im Tiefgeschoß eines Supermarkts, kaufte Brötchen, Weintrauben und zehn Becher Joghurt, vertrieb mir am Käsestand die Zeit, ließ Käsestücke in zarte Scheiben schneiden, aufeinandertürmen und einpacken.

In St. Moritz-Bad tankte ich. Danach brachte ich mein

Auto in eine Tiefgarage, fuhr mit dem Fahrstuhl in ein Restaurant und bestellte Stroganoff. Ich weiß nicht mehr, wie es schmeckte, ob es zart war oder zäh, gut gewürzt oder fade. Ich erinnere mich nur, daß ich, als der Ober die Rechnung brachte, fragte: «Gibt es in St. Moritz eigentlich ein Bordell?»

Er nahm lächelnd den großen Schein mit, um zu wechseln. Auf dem Tablett unter dem Wechselgeld fand ich einen Zettel mit einer Telefonnummer. Fünf Franken Trinkgeld ließ ich dämlicher Kerl auf dem Tablett liegen, nicht für Stroganoff, sondern aus peinlicher Dankbarkeit für diese Telefonnummer, von der ich nicht wußte, ob ich sie jemals wählen würde.

Schwimmen gehen, dachte ich. Während des langen Sommers war ich nicht ein einziges Mal in einem Schwimmbad gewesen. Ich hatte Renata nicht einmal gefragt, ob es im Bergell Schwimmbäder gibt. Vor der Glasscheibe der Schwimmhalle in St. Moritz stand ich und verfolgte die schlanken Körper, wie sie vom Drei-Meter-Brett stürzten und aus dem Wasser schnellten. Ein Mädchen, sehr jung noch, schnitt mir Grimassen, drückte seine Nase ans Glas und hielt die gespreizten Finger vor mein Gesicht.

Gegenüber auf der Tennisanlage spielten sie. Auch Frauen. Hübsch angezogen und weiß vom Hals bis zu den Schenkeln, so weiß wie Julia. Sie hat früher auch Tennis gespielt, nicht gerade erfolgreich, aber niedlich anzusehen. Bis die Tennisdamen es zur Gewohnheit werden ließen, nach dem Spiel eine Flasche Sekt zu köpfen. Das war so ungemein gesellig, und alle vertrugen es, nur Julia nicht. Als es sich nicht mehr verbergen ließ, daß sie krank war, fand sie weder Partner noch Partnerinnen, die mit ihr spielten. Ihre Schläger hängen im Keller, aber es kann auch sein, daß Julia sie inzwischen in Schnaps umgesetzt hat. Ihre adrette weiße Kleidung liegt im Wäscheschrank, zweite Schublade unten rechts.

Eine Fahrt zum Corvatsch war mir zu teuer. Auch auf die Furtschellabahn verzichtete ich. Diese Bahnen führen doch nur in die Höheneinsamkeit, aber ich verspürte – zum erstenmal eigentlich nach meiner Trennung von Julia – Sehnsucht nach Tiefe, nach brodelnder, dünstender, stinkender Wärme, nach jener Telefonnummer, die mich fünf Franken gekostet hatte und die in meiner Brieftasche lag und darauf wartete, diesen Preis wert zu sein.

Gustaf Gründgens ist in den dreißiger Jahren nach Maloja geflohen, las ich in einem Büchlein über das Engadin. Er hat es nicht so lange ausgehalten wie ich, es zog ihn bald zurück in den Norden.

Hinter dem See lag Sils-Maria. Dorthin ist auch jemand geflohen, der später den Verstand verloren hat. Zwei Mädchen studierten das alte Wetterhäuschen von Sils-Maria, anschließend umarmten sie Nietzsches Adler. Sie baten mich, sie zu fotografieren. Der Adler in der Mitte, die beiden Mädchen an seinen Schwingen hängend. Ob ich auch den Verstand verlieren werde wie der Philosoph?

In melancholischer Stimmung fuhr ich zurück nach Casaccia. Die Post hatte noch geöffnet. Ich sah das Mädchen, und es sah mich auch. Kaum stand ich im Raum, griff das Mädchen zum Hörer und zeigte zur Kabine.

Nein, nein, winkte ich ab. «Ich brauche Briefmarken.»

«Für Briefe nach Deutschland?» wollte sie wissen.

«Ja, nach Deutschland.»

Ich kaufte fünf Marken für Briefe nach Deutschland, ohne die geringste Ahnung zu haben, wer diese Briefe bekommen sollte.

«Haben Sie Sondermarken?»

Auch damit konnte das Mädchen dienen. Ihre schlanken Finger glitten behutsam über den Bogen. Wie sanft sie mit den Papierstückchen umging! Nur einmal fuhr der Daumennagel scharf und schmerzhaft die Perforierung entlang.

Fünf Briefmarken, zu mehr reichte der Mut nicht. Aber irgendwann werde ich dieses Mädchen nach seinem Namen fragen. Ich werde es bitten, nach Feierabend ins «Stampa» zu kommen und mit mir ein Glas Wein zu trinken.

«Noch etwas?» fragte sie.

«Nein, das wär's.»

Ich zahlte und ging, nahm an, daß sie mir nachsah.

Es war einer jener merkwürdigen Sommerabende, die an den Fingern einer Hand abzuzählen sind, Abende, die nicht kühler werden. Das Tal unberührt, vom Wind vergessen. Ich ohne Kopfschmerzen. Ja, das kommt gelegentlich vor, daß der Malojawind rasch verstummt oder gar nicht erst aufkommt, sondern seine Zeit verschläft. Ich saß auf der Terrasse und wunderte mich über das Echo. Jedes Autohupen schlug von der Mauer des Staudamms zurück, und unten im Tal, in Soglio oder Bondo, läuteten Glocken.

Als es dämmerte, kam Renata und bat mich, wenn ich wieder nach St. Moritz führe, vorher Bescheid zu sagen. Ich könnte aus den Supermärkten Dinge mitbringen, die dort viel billiger zu haben seien als im Bergell.

«Ich werde nie mehr nach St. Moritz fahren», sagte ich bestimmt.

Sie erschrak und entschuldigte sich. Es mache ihr gar nichts aus. Wenn ich nicht mehr fahren wolle, dann eben nicht, sie habe nur so gedacht...

Als sie ging, hatte sich das Tal mit Dunkelheit angefüllt. Wasser fiel vom Felsen. Oben am Staudamm Lichter, auch über dem Malojapaß Lichter. Ein ungewöhnlich warmer Abend. Die Glut Italiens war in die Berge gestiegen und hatte sich auf den grauen Dächern Casaccias niedergelassen.

In einer Nacht wie dieser verlor ich die letzten Zweifel. Vor zwei Jahren. Um genau zu sein: nicht in der Nacht, sondern am Morgen, der der Nacht folgte. Eine Party in unserem Garten. Bunte Lichterketten von einer Kiefer zur anderen, auf der Terrasse eine Stereoanlage mit gedämpfter Musik, auf dem Rasen Tische und Gartenstühle wie weiße Inseln in der Dunkelheit. Ein Faß Bier auf dem Brunnen.

Schüttet bloß die Bierreste nicht weg! Die kommen morgen früh auf die Blumen, nichts düngt so gut wie Bier! Das war Julias Stimme kurz nach Mitternacht.

Am Morgen wache ich auf mit stechendem Schmerz im Schädel. Draußen beginnt ein neuer Tag, die Tauben gurren in den Pappeln, die ersten Autos fahren stadtwärts. Julia ist nicht da. Ich springe auf, halte mir den schmerzenden Kopf, eile ans Fenster. Da sehe ich ein Gespenst in unserem Garten. Es geht barfuß im durchsichtigen Nachthemd von Tisch zu Tisch und trinkt die schalen Bierreste aus den Gläsern, verschluckt sich an einer toten Fliege, krächzt und spuckt. Ich will zur Terrasse, aber unterwegs muß ich mich übergeben. Als ich wieder in den Garten blicke, ist das Gespenst verschwunden. Julia liegt auf der Hollywoodschaukel, links hängt der Kopf, rechts hängen die Füße. Und die Blumen müssen warten.

Wieder «Pranzaira». Bergforelle war der einzige Luxus, den meine Verlassenheit mir erlaubte. Nachmittags spazierte ich den Panoramaweg hinunter, stieß bei Roticcio auf die Straße, die einzige im Bergell, und stand plötzlich vor der Seilbahn. Über mir das Kommen und Gehen der gelben Gondeln, die ihre Schatten auf die dunklen Bäume warfen. Sie haben etwas ungemein Beruhigendes, diese majestätisch gleitenden Gondeln. Lautlos, ohne Eile und ohne Furcht vor der Schlucht, über die sie schweben mußten, stiegen sie hinauf und verloren sich in der Helligkeit der Gletscher.

Im «Pranzaira»-Restaurant suchte ich mir eine Forelle aus, verurteilte sie zum Tode in der Bratpfanne.

«Die da», sagte ich zum Ober, der mich zur Exekution an das Bassin geführt hatte. «Die schlanke graue will ich haben.» Ich nahm am Fenster Platz, um die gelben Gondeln zu sehen, auch die Autos, die auf den Parkplatz der Talstation bogen, zwei davon mit Hamburger Nummer.

Die Bedienung brachte mir während ich auf die bratfertige Zubereitung des von mir ausgewählten Opfers wartete, die «Bündner Zeitung». Sie enthielt nichts, was mich hätte beunruhigen können. Dennoch las ich zweimal eine Notiz, die dem Leser mitteilte, daß nun auch die gute alte Schweiz immer stärker mit dem Problem der Nichtseßhaften konfrontiert sei. Das Blatt wunderte sich ein wenig darüber, daß der Anteil der Frauen an den Nichtseßhaften ständig wachse. Die meisten dieser Frauen seien Alkoholikerinnen.

In diesem Augenblick brachte mir die Bedienung den italienischen Weißwein, der zur Forelle gehört. Es steckte etwas Sonderbares in diesem Wein. Nicht nur, daß er meine Kopfschmerzen vertrieb, die sich regelmäßig wie Ebbe und Flut mit dem Malojawind einstellten, er besaß auch die wunderbare Eigenschaft, Julia lieblicher erscheinen zu lassen. Die Schreckensbilder ihrer Krankheit verblaßten, aus der Erinnerung tauchten schönere Träume früherer Zeiten auf. Wie die gelben Gondeln kamen sie auf mich zu, zum Greifen nahe.

Als es dunkelte, die Seilbahn längst ihren Betrieb eingestellt, ich die Forelle gegessen, den Wein getrunken und meinen Luxus mit mehr als zwanzig Franken bezahlt hatte, ging ich zurück nach Casaccia. In beschwingter Stimmung schnitt ich die Serpentinen ab, lief quer durch den Wald, umarmte Bergfichten und pfiff Lieder aus der Zeit, als die Bilder noch schönere Träume hergaben. Der Fahrer eines Autos fragte mich, ob ich mitfahren wolle. Nein, ich wünschte zu wandern.

Eine ganze Flasche italienischen Weißwein hatte ich getrunken. Nun warf ich Tannenzapfen in die Maira und sprach mit dem Fluß, der ein Weib ist, ein paar sehr ernste Worte.

In Casaccia schon Dunkelheit. Renata und ihre Kinder schliefen längst. Das «Stampa» geschlossen, die Post natürlich auch. Als einziges Licht brannte mitten im Ort zwischen Tankstelle und «Stampa» eine Laterne.

Ich öffnete das Garagentor und schaltete die Scheinwerfer meines Autos ein. Sie erfaßten das graue, alte Dorf, ließen die Steinplatten auf den Dächern leuchten. Der Kirchturm warf Helligkeit zurück, ebenso Renatas Fenster.

Über mir in der Wohnung des Professors fiel etwas um. Ich hörte es deutlich, als ich das Garagentor schloß. Eine Vase vielleicht oder ein Krug oder eine Flache. Jedenfalls fiel etwas zu Boden und rollte durch den Raum bis zur Tür, wäre wohl die Treppe heruntergekommen, wenn Renata die Tür nicht verschlossen gehalten hätte. Es wird eine Flasche gewesen sein, dachte ich und stellte das Radio in meiner Wohnung an. Ich muß in jener Nacht laut gesungen haben. Oder ich habe das Radio zu sehr aufgedreht. Jedenfalls lächelte Renata am nächsten Morgen vielsagend. «Der professore hat gestern ein bißchen gefeiert», sagte sie.

Liebe Julia, ich weiß, du bist tot, trotzdem muß ich dir schreiben. Um mich ist es dunkel, ich höre nur das Rauschen des Wasserfalls und ein beständiges Tropfen in der Wohnung des fremden Menschen über mir. Außerdem höre ich dich. Ja, es ist deine Stimme aus jenem Sommer, als du am Niendorfer Marktplatz aus der Straßenbahn stiegst, ein kleiner weißer Vogel mit einem großen schwarzen Koffer. Damals fuhren in Hamburg noch Straßenbahnnen. Ich fragte, ob ich den Koffer tragen dürfe. Es ist nicht weit, sagtest du, aber wie du es sagtest, das faszinierte mich gleich. Hochdeutsch mit bayerischer Färbung. Zum erstenmal hörte ich deine Stimme.
Ich bin aus Augsburg, sagtest du.
Sind da schon Berge? fragte ich.
Mit Augsburg und den Bergen ist es wie mit Hamburg und dem Meer, gabst du zur Antwort.
Es war deine erste Urlaubsreise – und gleich nach Hamburg! Für alle katholischen Mütter und Großmütter im Süden Deutschlands war Hamburg damals das Tor zur Unterwelt, ein Stück biblisches Gomorrha. Und du mit deinen achtzehn Jahren durftest nach Hamburg reisen.
Ich besuche meine Tante, sagtest du.
Daraufhin trug ich deinen Koffer bis zu der Tante, die in der Nähe des Niendorfer Marktplatzes wohnte und die inzwischen längst tot ist, wie du, Julia. Als deine Tante den Kofferträger sah, kam sie vor die Tür, um ihm eine Mark zu geben.
Nein danke, sagte ich. Ich habe es nicht für Geld getan, nur so. Sicher hast du bemerkt, daß ich auf der Straße

stehenblieb und mir das Haus ansah, in dem du verschwunden warst. Es kostete mich einige Mühe, die Telefonnummer deiner Tante herauszufinden. Als ich sie endlich gefunden hatte, warst du schon vier Tage in Hamburg, und ich hatte dich nicht gesehen.

Was wollen Sie denn von meiner Nichte, junger Mann?

Ich – ich bin der, der den Koffer getragen hat, stotterte
ich.

Ich möchte Ihrer Nichte Hamburg zeigen.

Na, wenn das man gutgeht, sagte die alte Frau.

Dann kamst du an den Apparat.

Weißt du noch, der Abend in Planten und Blomen. Die
Wasserorgel spielte die Nußknackersuite, wir staunten die
farbigen Fontänen an, bis ein Windstoß Sprühregen auf
uns niedergehen ließ. Dein Haar wurde naß. Hinter uns
die Lichter des Parks. Oder Blumen? Es gab große weiße
Blumen, die wie Kandelaber leuchteten. Auf den Bänken
sommerlich gekleidete Menschen. Du wundertest dich
über die breiten Gartenstühle.

Die Stadt Hamburg denkt eben an ihre Liebespaare, sagte
ich. Sie hat Stühle in den Park gestellt, in denen zwei
Menschen, wenn sie eng aneinanderrücken, Platz finden.

Wir fanden keine Sitzgelegenheit, bummelten deshalb
weiter zum Kinderspielplatz, auf dem niemand mehr
spielte, nur wir beide noch, abends um halb elf. Du hast
geschaukelt. Ich stand bis zu den Knöcheln im Sand und
fing dich auf, als du von der Schaukel sprangst. Auf dem
Kinderspielplatz in Planten und Blomen haben wir uns
zum erstenmal geküßt. Aus dem Gebüsch schrie einer:
fofftein!

Du fuhrst zusammen und wolltest weglaufen. Ich sagte
dir, was fofftein bedeutet: Macht mal Pause mit eurem
Küssen! So ungefähr.

112

Obwohl es verboten war, habe ich dir eine Rose abgepflückt. Wenn alle Pärchen, die hier im Dunkeln herumlaufen, Rosen abpflücken, bleibt von eurem Planten und Blomen nicht viel übrig, sagtest du.

Ja, damals gab es noch viele Liebespaare. Da ging man lange durch Planten und Blomen und nicht gleich ins Bett. Am nächsten Tag hinauf auf den Turm des Michel. Dir blieb fast das Herz stehen, als die Uhr von St. Michaelis die zwölfte Stunde schlug, während wir oben auf der Plattform standen. Schon damals zog dich die Tiefe an. Halt mich bloß fest, sonst fall ich runter, sagtest du. Dabei schützte ein gewaltiges Gitter die Herunterfaller und Selbstmörder, aber du wolltest gern festgehalten werden.

Ich träume heute noch von dem mächtigen kupfergrünen Engel über dem Portal von St. Michaelis, der seine Lanze mit Macht in den Drachen stößt. Einen solchen Engel könnten wir beide brauchen. Aber der hängt da starr vor seiner Kirche, läßt sich weder bei dir blicken noch bei mir, und in den Straßen treiben die wilden Dämonen ihr Unwesen.

Zwei Wochen hattest du Urlaub. In der letzten Woche fuhren wir nach Helgoland. Früh um fünf stand ich vor dem Haus deiner Tante, denn vor der Abfahrt wollten wir noch den Fischmarkt besuchen. Der Bananenjakob schenkte dir eine lange, schön geschwungene Banane.

Die kleine Deern will auch mal lutschen! schrie er. Du hast die Anzüglichkeit nicht verstanden. In diesen Dingen warst du naiv, warst die kleine Unschuld aus Bayern.

Ein Angorakaninchen mit roten Augen wolltest du auf dem Fischmarkt kaufen. Das ging aber nicht, weil wir aufs Schiff mußten. Wir können doch nicht mit einem Karnickel nach Helgoland reisen, sagte ich.

Es war deine erste Schiffsreise.

Ob ich wohl seekrank werde? fragtest du, als wir Teufels-
brück passierten und unser Schiff in der Bugwelle eines
Frachters zu schaukeln begann. Jenseits Cuxhavens wehte
es kräftig, aber du wurdest nicht krank. Wir standen am
Bug, tauchten hinter die Brüstung, wenn die Gischt über-
kam und hinter uns gegen die Scheiben des Salons
klatschte. Du im blauen Regenmantel, ich im Trenchcoat.
Unsere Gesichter voller Seewasser. Dein Haar, obwohl
unter der Kapuze, meerwassernaß. Es tropfte ständig von
deinen Ohrläppchen. An deiner Nasenspitze hing eine
dicke Wasserbeule.
Wie schmeckt das Zeug bloß salzig! riefst du. Auch hast
du behauptet, die Nordsee rieche nach toten Fischen und
nach Amerika.
Wie riecht denn Amerika?
Na, so wie das Meer.
Deine Angst vor dem Ausschiffen. Am liebsten wärst du
an Bord geblieben. Aber die Helgoländer Fischer hoben
dich wie eine Schneeflocke aus der Luke in ihr Boot. Zwei
Fäuste drückten dich mir in die Arme. Da, nimm sie, sie
gehört dir! Nachher entdecktest du blaue Flecken an der
Hüfte, von den Helgoländer Fischerhänden.
Mit dem Fahrstuhl in die Oberstadt. Wir wanderten um
die Insel. Wieder diese steilen Abgründe am roten Felsen.
Unten die Brandung. Weit und breit kein Engel mit dem
Drachenschwert, nur die Tiefe mit dem schäumenden
Wasser und Seewind, der an deinen Haaren zerrte und sie
wieder trocknete.
Halt mich bloß fest, sonst falle ich runter, sagtest du
wieder.
Natürlich kauften wir Schnaps. Das Zeug war ja zollfrei
und billig. Deiner Tante brachtest du eine Literflasche
Rum mit, weil sie im Winter zur Schnupfenzeit immer hei-

ßen Grog brauchte. Ausgerechnet Rum! Auf dem Heimweg tanzten wir von Cuxhaven bis Stadersand, während ein angeheiterter Musikant Seemannslieder zum Schifferklavier sang.

Blankenese im Abendlicht. Die Passagiere drängten auf die Backbordseite zu der malerischen Lichterkette am Hang. Wir blieben steuerbords, da gab es nur die Lichterkette der Ölraffinerie und uns.

Müde warst du. Seit fünf Uhr auf den Beinen, die Insel umrundet, stundenlang getanzt. Wir saßen am Stintfang im Gras. Unter uns die Landungsbrücken mit den letzten Helgolandfahrern, die, beschwingt vom zollfreien Sprit, nicht nach Hause finden konnten. Hell erleuchtete U-Bahnzüge kamen und gingen. Gäste der Jugendherberge liefen durchs Gebüsch. Hinter uns ruhte der steinerne Bismarck auf seinem Schwert aus.

Die Reeperbahn wolltest du nicht abwandern, aus Furcht, dich zu beschmutzen. Ich überredete dich. Ich sagte, sie werden dich in Augsburg auslachen, wenn du Hamburg, aber nicht die Reeperbahn besucht hast. Auf keinen Fall wolltest du in die gewissen Straßen hinter die Bretterverschläge. Die Große Freiheit akzeptiertest du nur unter folgender Bedingung: Wir gehen mitten auf der Fahrbahn, weit genug entfernt von den Zoten der Türsteher und Anreißer, auch von den schlimmen Bildern in den Schaukästen.

Fasziniert hat es dich doch. Deine Müdigkeit verflog augenblicklich, du drücktest dich an mich und blicktest wie ein junger Vogel aus dem geschützten Nest auf die flimmernde Welt der Großen Freiheit. Vor dem Salambo sagte der Türsteher, es gebe einen richtigen Akt zu sehen, einmalig und neu in St. Pauli. Du verstandest ihn nicht. Vielleicht wolltest du auch nicht verstehen. Jedenfalls sagtest du ihm, wir hätten keine Zeit, wir müßten nach Hause.

Um Mitternacht kamen wir bei deiner Tante an. Sie stand auf dem Balkon und hielt Ausschau nach dir.

Ich dachte, ihr seid in der Nordsee ertrunken, sagte sie. Hatte der Dampfer Verspätung?

Natürlich, Dampfer und Liebespaare haben immer Verspätung.

Weil sie auf dem Balkon stand und zuschaute, konnten wir uns nicht so verabschieden, wie es der große Tag verdient hatte. Du gabst mir nur die Hand und sagtest: bis morgen.

Also gut, morgen.

Später erzähltest du von der Bußpredigt, die die Tante dir beim Frühstück hielt. Paß bloß auf, daß nichts passiert, Julia! Das fehlte gerade noch, deine Mutter schickt dich nach Hamburg auf Urlaub, und du fährst schwanger nach Augsburg zurück. Zwischen Johannisbeermarmelade und weichgekochtem Ei klärte sie dich auf über die Gefahren der Großstadt und überhaupt.

Keine Angst, Tante Martel. In jenen zwei Wochen ist nichts vorgekommen. Oft genug war es kurz davor, aber es kam immer etwas dazwischen, ein Spaziergänger mit Hund, die aufgeblendeten Scheinwerfer eines Autos. Hamburg ist eine so belebte Stadt, in der kommt immer etwas dazwischen. Auch das war schön, dieses Immer-kurz-davor-Sein, diese hinausgeschobene Erwartung.

Nach zwei Wochen trug ich wieder den schwarzen Koffer. Als der Zug sich in Bewegung setzte, schien es mir, als stürze die graue, verräucherte Halle des Hauptbahnhofs über mir zusammen. Ich eilte nach Hause und schrieb dir einen Brief. Liebe Julia, schrieb ich.

Schweißgebadet wachte ich auf. Heftig riß der Wind an den Fensterläden, trieb Staubfontänen den Friedhofsweg abwärts. Mein Kopf schmerzte wie immer.

Woher kam diese schreckliche Vision? Ich meinte, Julia gesehen zu haben, noch am Leben, aber nicht mehr in unserem Haus. Da sie mittellos war, konnte sie weder Strom noch Wasser bezahlen, von der Hypothekenrate ganz zu schweigen. Also hinaus mit ihr! Julia zog unter die Brücken. Sie übernachtete in einem Abbruchhaus, in Parks oder auf Friedhöfen, gelegentlich vergewaltigt, denn Vergewaltigung ist die tägliche Zugabe zu dem kärglichen Brot der nichtseßhaften Frauen. Oder sie hat einen Beschützer, der jeden Tag eine «Bombe» leertrinken muß und Julia zur Prostitution schickt, damit sie beide Geld bekommen für die Bomben. Was sagt das Lexikon der Krankheit dazu? «Das Leben auf der Straße beeinflußt die Trinkgewohnheiten der nichtseßhaften Frauen sehr, denn sexueller Mißbrauch, Schläge, Verachtung, Demütigung können die Frauen in alkoholisiertem Zustand besser ertragen.»

Nach zwei Gläsern «Montagne» klangen die Kopfschmerzen ab. Auch verließ mich der quälende Gedanke, Julia lebe noch, aber im Schmutz der Straße. Eine gewisse Leichtigkeit erfaßte mich, gab mir das sichere Gefühl, nun endlich jene Frage stellen zu können, die ich schon immer stellen wollte.

Ich wartete den Bus nach Pontresina ab. Als auch der Gegenbus nach Castasegna abgefertigt war, ging ich ins Posthäuschen, kaufte wieder Briefmarken, die ich nicht brauchte, und fragte beiläufig: «Wie heißen Sie eigentlich?»

Sie blickte auf, spürte sofort, daß uns diese Frage auf eine höhere Ebene stellte, jenseits der Amtsleitungen, Briefmarken und Postbusverbindungen. Mein Mädchen von der Post, das bei den simpelsten amtlichen Verrichtungen, beim Zählen von Franken und Rappen, beim Abreißen der Busfahrkarten, beim Stempeln von Briefmarken zu lächeln pflegte, blieb nun völlig ernst und sagte schlicht: «Giulietta.»

Ich war mit dem Vorsatz gekommen, sie einzuladen. Ich wollte sie bitten, am Abend nach der Abfertigung des letzten Busses mit mir ins «Stampa» zu gehen, eine Flasche Wein zu trinken und zu plaudern über das Bergell und seine Postbusverbindungen. Aber aus Gründen, die ich bis heute nicht weiß, überging ich die Einladung und fragte nur:

«Wohnen Sie weiter unten im Tal?»

«In Bondo», antwortete Giulietta.

«Das ist doch der hübsche kleine Ort gleich hinter Promotogno», sagte ich. «Ich wollte ihn schon immer besuchen. Haben Sie nicht Lust, mir Bondo zu zeigen?»

Sie schüttelte den Kopf, begründete nichts, schüttelte nur den Kopf und zählte, ohne zu lächeln, das Wechselgeld für die Briefmarken in die Drehschale.

Erst draußen begriff ich das Unerhörte: Julia war tot, aber Giulietta lebte! Ich werde mir Bondo allein ansehen müssen.

Schon wieder Beerdigung in Casaccia. Plötzlich sterben hier die Menschen. Ich stand am Fenster und sah sie hinaufziehen den Weg, der eigentlich zum Septimerpaß führt, aber vor Erreichen des Waldes abknickt zum Friedhof. Sie sollten sich beeilen, über dem Piz Lunghin zog ein Gewitter auf. Schwarz quoll es aus der Bergwand, wälzte sich über den Wasserfall, während der Leichenzug dem Wäldchen zustrebte, als nähme er das aufziehende Unwetter nicht wahr. Mit wachsender Spannung verfolgte ich den Wettlauf des Leichenzugs mit dem Unwetter.

Sie kamen noch trockenen Fußes auf den Friedhof, brachten die Feier am Grab hinter sich, wenn auch in abgekürzter Form. Dann brach es herein, trommelte auf das Holz, schüttete die Grube voll. Sie ließen den Toten in der Sintflut ertrinken, rannten den Weg hinunter. Einige stellten sich bei mir unter, drückten sich an die Hauswand. Ich hörte ihre aufgeregten Stimmen schnattern, zeigte mich aber nicht am Fenster, weil ich sie dann ins Haus hätte bitten müssen. Ein Donnerschlag ließ sie verstummen.

Im Bergell ist das Echo zu Hause. Hängt das Gewitter erst über dem Tal, schlägt sein Grollen von Felswand zu Felswand, trifft gegen den Piz Lunghin und eilt hinüber zur Staumauer. Von Maloja kommend, poltert der Donnerwagen ins Tal, eine Lawine auf dem Weg zum Lago di Como. Die Blitze bauen lange Brücken, schlagen Regenbogen über die Maira.

Casaccia ertrank in Finsternis und Regen, wurde aber schlagartig weiß, als Hagelkörner gegen die Scheibe schlugen und wie Pingpongbälle auf dem Asphalt hüpften. Es riß die Blätter von den Bäumen. In den Sturzbächen des Regens schwammen Hagelkörner, vor dem Siel staute sich ein weißer Berg, als hätte jemand einen Sack Reis ausgeschüttet. Nicht der Himmel hellte sich auf, sondern die Erde. Der Winter schickte einen Boten aus von den Bergen. Plötzlich Stille. Kein Prasseln mehr, kein Donnergrollen, vereinzelt tropfte es vom Dach in die weiße Pracht. Über dem Septimer rissen die Wolken auf, ein Stück blauer Himmel hing oberhalb des Wasserfalls. An meiner Hauswand begannen die Gespräche, jemand lachte. Renatas Kinder stürmten aus dem Haus und backten Schneebälle. Von Maloja her kamen Autos mit aufgeblendeten Scheinwerfern, spritzten die weißen Körner gegen die Hauswände in Casaccia. Deutlich hörte ich wieder Wasser laufen in der Wohnung über mir. Das Unwetter war schuld. Es wird durchgeschlagen haben, und nun tropft es in die Bücher des Professors.

Als die Sonne durchbrach, gingen meine Besucher, ungewohnte Spuren hinterlassend. Sie werden noch lange an den Toten denken: Damals, als wir ihn zu Grabe trugen, gab es den furchtbaren Hagelschlag, knöcheltief lagen die Körner auf den Wiesen, und mitten im Sommer fiel die Kälte von den Dächern.

Der weiße Brei dampfte in der Sonne. Casaccia füllte sich mit Nebel. Als ich das Fenster öffnete, schlug es mir kalt ins Gesicht, gab mir eine Vorahnung jener düsteren Zeit, in der ich, eingeschlossen im Schnee, in Casaccia zu überwintern hatte.

Später, als das Weiß verschwunden und der Sommer zurückgekehrt war, besuchte ich den Friedhof. Ein Giovanni war gestorben und mit Blitz, Donner und Hagelschlag beerdigt worden. Der Hagel hatte die Blumen erschlagen. Sie lagen zerfleddert neben Giovannis Grab. Aus Sträußen und Kränzen sickerte Wasser, sammelte sich vor dem Tor in einer seichten Pfütze, die an der Treppe geräuschvoll überlief.

Liebe Julia, soeben erlebte ich eine Beerdigung im Hagelsturm. Das Trauergefolge ließ den Toten allein und rannte zu mir an die Hauswand, um sich unterzustellen.

Wir erlebten unsere letzte gemeinsame Beerdigung in Augsburg. Warum hat deine Mutter uns niemals in Hamburg besucht? Zu den großen Feiertagen luden wir sie immer ein, sie sagte zu, erfand aber später Vorwände, um nicht kommen zu müssen.

Sie hat Angst vor Hamburg, sagtest du. Wenn Bayern nach Hamburg reisen, müssen sie nach der Rückkehr sofort zur Beichte.

Sie kam nicht, also haben wir sie besucht. Zu ihrer Beerdigung. Deine Mutter starb im September. Wir fuhren mit dem Auto nach Augsburg, wechselten uns am Steuer ab, denn du hattest vier Wochen vor dem Tod deiner Mutter die Führerscheinprüfung bestanden.

Wo ist eigentlich dein Führerschein geblieben, Julia? Hat die Polizei ihn dir abgenommen, oder liegt er in der obersten Schublade des Schreibtisches? Drei Jahre bist du nicht mehr Auto gefahren. Das war sehr vernünftig. Wer trinkt, darf nicht ans Steuer, wenigstens das hast du begriffen.

Deine Mutter war katholisch, also gab es eine katholische Beerdigung. Was bist du eigentlich, Julia? Du hättest irgend etwas sein sollen! Ich mache mir Vorwürfe, diesen Weg nicht mit dir versucht zu haben. Ich habe vieles versucht, aber die Religion habe ich vergessen. Ob man eine Alkoholkrankheit mit Gott heilen kann? Religion haben, Glauben haben, bedeutet wohl zu wissen, daß Gott immer neben dir steht. Ist das nicht die Überzeugung der Christen?

Wenn nun aber Gott immer neben dir steht, kannst du unmöglich heimlich zur Flasche greifen, er wird dich sehen und dir auf die Finger klopfen. Ein religiöser Mensch fühlt sich ständig begleitet und beobachtet, er kann seine Alkoholvorräte nicht an dunklen Orten verstecken, Gott sieht ihn. So steht es also fest: Die Trinker haben keinen Gott, sie kennen nur einen Dämon.

Hübsch sahst du aus im traurigen Schwarz. Ich mochte dich so lieber als in Rot oder Weiß. Auch Trauerkleidung kann verführerisch sein. Nach der Beerdigung gab es Kaffee und Kuchen in einem Restaurant nahe dem Friedhof, das sich auf das heitere Ende trauriger Feiern eingestellt hatte. Du bestelltest eine Flasche Cognac für die Trauergäste. Später in der Wohnung deiner Mutter bist du zum Wandschrank gegangen, hast einer Flasche klaren Schnaps den Verschluß abgedreht und einmal kräftig daraus getrunken.

Willst du auch einen Schluck? fragtest du.

Nein, es war schließlich deine Mutter, Julia.

Damals warst du noch nicht krank. Ich dachte, das sei wohl zu verstehen, daß jemand ohne Glas aus der Flasche trinkt, der gerade seine Mutter begraben hat.

Habe ich dir schon gesagt, daß ich dich immer noch liebe, Julia? Das ist der Grund, warum ich fortgelaufen bin: Ich liebe dich. Es mag Menschen geben, die das aushalten, die an meiner Stelle geblieben wären, aber ich zweifle, ob sie lieben. Mitleid ja, aber nicht Liebe. Pflichtgefühl ja, aber nicht Liebe.

Entschuldige, daß ich deinen Tod gewünscht habe. Ich habe dich nicht getötet im strengen Sinn der Gesetze, aber deinen Tod gewünscht, was auf das gleiche hinauskommt. Ich konnte nicht ertragen, wie dein schönes Bild von diesem Dämon entstellt wurde.

Verzeih mir, daß ich nicht zu deiner Trauerfeier gekommen bin. Niemand hat es mir gesagt. Ich wäre gern gekommen, um zuzusehen, wie sie deinen Körper verbrennen. Wenn mir dein Tod einfiel, stellte ich mir immer vor: Sie werden dich verbrennen. Feuer macht rein, findest du nicht auch, Julia? Bei Wulf & Sohn sprach ich mit einem Mann, dessen siebzehnjährige Tochter an Unterleibskrebs gestorben war. Wenn ich mir vorstelle, sagte der, daß der Krebs unter der Erde weiterwuchert, den ganzen Körper meines Kindes aufbläht und entstellt, daß er aus Armen,

Beinen und Kopf wächst bis in die Wurzeln der Bäume hinein, dann wünsche ich mir nur eines: verbrennen!

Woran hat es bloß gelegen, Julia? Ich zermartere mir den Kopf und finde keine Ursache, nur eine große, furchtbare Wirkung. Wir hatten alles, wir haben uns gut verstanden, jeder mochte dich gern. Wenn es je einen Menschen gegeben hat, der beliebt gewesen ist, was immer das heißen mag, du warst es.

Warum einen so schmutzigen Stein in einen so schönen Spiegel werfen? Nur eine Kleinigkeit, auf die es zu verzichten galt: das bißchen Alkohol. Unzählige Menschen leben ohne Arme und Beine, ohne Gehör, ohne Sprache, ohne Augenlicht, aber sie leben. Du hast das alles, du darfst das alles, kannst essen und trinken, was du willst, kannst laufen, fahren, lieben, nur die läppischen paar Promille, auf die mußt du verzichten. Ist das nicht ganz einfach? Warum wird aus dieser Kleinigkeit ein solches Martyrium für Millionen?

Nach heftigen Regengüssen im Spätsommer begann das Bergell noch einmal zu blühen, zeigte sich Gletscherhahnenfuß und Enzian, oben am Septimer auch Edelweiß.

«Was über zweitausend Meter Höhe blüht, darf nicht gepflückt werden», hieß es in Renatas Buch über die Flora des Bergell, in dem die schönsten Alpenblumen auf Farbfotos blühten. Die höchste Stelle, auf der je eine Blume in den Alpen zu blühen gewagt hatte, lag bei 4275 Metern, sagte Renatas Buch. In jenen Tagen sammelte Renata trockene Distelblüten, die zu Hunderten auf den Wiesen oberhalb Casaccias wuchsen. Sie stellte Distelblumensträuße auf die Fensterbänke, drapierte Distelblüten über der Tür und erzählte mir, daß sie im Winter Sträuße aus Trockenblumen binde und mit dem Postbus nach St. Moritz schicke, wo sie in teuren Geschäften verkauft werden.

Um die Disteln schmerzfrei abschneiden zu können, nahm ich außer einem Küchenmesser auch Handschuhe mit. Ich sammelte stachelige Blüten in eine Plastiktüte und schenkte sie Renata. Einige versteckte ich im Kofferraum meines Autos. Sollte ich je wieder nach Hamburg kommen, werde ich dir einen Distelstrauß mitbringen, Julia. Du hättest daran deine Freude gehabt, denn du mochtest Blumen. Im Herbst zogen wir in unser neues Haus. Heimlich vergrubst du hundert Krokuszwiebeln, die im März aus dem Schnee schossen und den Garten in ein weißlila Meer verwandelten. Das war deine Osterüberraschung für mich.

Du als Blumenmädchen auf einem Kostümfest. Es grünt so grün, wenn Spaniens Blüten blühen, Fräulein Doolittle. Echte Blumen im Haar, Papierblumen um die Hüfte. Eine Blumenschärpe lief zwischen deinen Brüsten quer über den Körper wie die Sicherheitsgurte im Auto.

Früher trugst du immer einen geblümten Morgenrock. Warum hast du ihn zur Altkleidersammlung für die Alsterdorfer Anstalten gegeben? Ich mochte ihn so gern, aber du gabst ihn fort. Blumenaugen wie Kinderköpfe auf durchsichtigem Stoff. So kamst du oft die Treppe runter, nur mit diesem Morgenrock bekleidet, niemals nackt, denn du wußtest, wie plump und abstoßend Nacktheit sein kann.

Mir fällt auf, daß ich dich immer lieblicher sehe, Julia. Die düsteren Jahre scheinen fortgewischt, vor mir tauchen nur Bilder auf, die dich begehrenswert erscheinen lassen. Vielleicht liegt es am Wein, der mich dir näherbringt. Immer wenn ich von dem roten «Montagne» trinke, erscheinst du wie verzaubert. Wir beide im Kettenflieger auf dem Hamburger Dom. Julia mit wehenden Haaren, Julia lachend, Julia in Weiß auf dem Lühedeich im weiß blühenden Alten Land, die leuchtende Königin unter allen Kirschblüten.

Was ist aus unserem Garten geworden? Hast du die Blumen begossen? Bald wird das Laub fallen, aber niemand wird da sein, es zusammenzukehren. Wer soll im Winter den Schnee fegen und Sand auf die Gehwege streuen? Wenn niemand die Heizung einschaltet, werden die Wasserrohre im Frost platzen, das Wasser plätschert die Treppe hinunter, tränkt den Teppich, läuft aus der Haustür zur Straße.

Eigentlich könnte ich nach Hause fahren, um das Haus in Besitz zu nehmen. Nun gehört es mir allein. Ich habe deinen Anteil geerbt, denn du hast keine weiteren Angehörigen, die dich beerben könnten. Ich müßte nur zu den Ämtern gehen, um deinen Namen löschen zu lassen.

Sind Sie nicht geschieden, Herr Gersdorf?

Nein, das Scheidungsverfahren konnte nicht abgeschlossen werden, weil ich mich im Ausland aufhielt und meine Frau vorzeitig verstarb.

Wenn es so ist, haben Sie tatsächlich Ihre Frau beerbt, Herr Gersdorf, es sei denn, sie hat ein Testament geschrieben, in dem andere Erben bestimmt sind.

Das ist völlig unmöglich. Meine Frau war nicht mehr in der Lage, ein Testament zu schreiben.

Ich könnte fahren, aber vorher müßte ich mich vergewissern, ob sie wirklich tot ist. Wenn sie noch lebt, käme ich wieder in das alte Elend und fände nicht die Kraft, noch einmal loszufahren.

Ich rief in der Kanzlei meines Anwalts an. «Ist meine Frau tot?» fragte ich die Angestellte.

«Das weiß ich nicht, Herr Gersdorf», antwortete sie.

«Sehen Sie bitte in der Akte nach, vielleicht finden Sie einen Hinweis.»

«Auch wenn ich es wollte, dürfte ich es nicht sagen, Herr Gersdorf, denn telefonische Auskünfte sind uns verboten.»

Ich beendete das sinnlose Gespräch und ließ mir von Giulietta eine zweite Leitung geben. Ich wählte die Nummer, die immer noch hinter meinem Namen im Hamburger Telefonbuch stand. Eine Stimme sagte: «Kein Anschluß unter dieser Nummer.» Es war eine beliebige Frauenstimme, nicht die Stimme von Julia, die war wohl für alle Ewigkeit verstummt.

Liebe Giulietta, ich habe mir dein Bondo angesehen und muß sagen, daß es nach Soglio das schönste Dorf im Bergell ist. Ich saß allein in eurer Kirche, eine halbe Stunde lang, bis das Gemälde rechts neben dem Altar zu leben begann. Weißt du, daß auf eurem Friedhof ein junger Engländer begraben liegt? Er ist 1955 von den Bergen gefallen, zu einer Zeit, als du noch nicht auf der Welt warst. Frage nur deine Eltern, sie werden sich an den Vorfall erinnern.

Wie alt bist du, Giulietta? Ich habe vergessen, nach dem Alter zu fragen, war zu erschrocken, als du deinen Vornamen sagtest. Weißt du, dieser Vorname hat für mich eine tiefere Bedeutung, aber das werde ich dir später erzählen.

Einen Nachmittag lang streifte ich um die dicken alten Mauern deines Dorfes und spazierte im Schatten übergreifender Dächer. Abends stiegst du aus dem Postbus in Promotogno. Du gabst dem Fahrer die Hand und gingst die kurze Strecke nach Bondo zu Fuß. Hast du mich gesehen, Giulietta? Ich stand neben dem Brunnen am

Marktplatz, als du vorübergingst. Du warst in Eile, deshalb sprach ich dich nicht an. Eine Mauer trat zwischen uns. Minuten später sah ich dich am Hang. Du öffnetest eine Gartenpforte, hinter dir fiel sie hörbar ins Schloß. Ich weiß nun, wo du wohnst, Giulietta. Es ist das gelbe Haus neben der Kirche, nur einen Steinwurf vom Grab des jungen Engländers entfernt.

Ich möchte mit dir über Bondo sprechen, Giulietta, über seine Vergangenheit. Eine Stunde müßtest du mir opfern, vielleicht im «Stampa» bei einem Glas Veltliner. Eine Stunde nur, Giulietta.

«Hallooo», sang eine Stimme am Telefon, eine tiefe Stimme, die das O gewaltig dehnte, so daß es wie ein Echo wiederkehrte. Eine halbe Stunde später sah ich die Person, die zu dieser Stimme gehörte, vor mir. Sie sah anders aus, als ich sie mir vorgestellt hatte. Eine große, kräftige Frau, Mitte Dreißig vielleicht, auffallend an ihr das rotgefärbte Haar und eine Brust wie eine Berglandschaft mit Tälern und Schluchten.

Während des vorbereitenden Zeremoniells – sie zündete eine rote Kerze an, als wäre Advent, sie reichte mir eine Weinflasche und sagte: «Kannst mal den Korken rausziehen!» –, gleich zu Beginn also wurde mir klar, daß es nicht gehen würde, nicht mit dieser Person und nicht in diesem Augenblick. Es lag nicht an ihr. Es wäre unrecht, ihr die Schuld zu geben. Nein, sie war eine stattliche Frau, die nichts Abstoßendes an sich hatte. Nur ich sah die hervorstehenden Knochen, die Abdrücke des Gerippes, die welke Haut und die vertrockneten Knöpfe an Stelle einer Brust. Es ging nicht. Es wird überhaupt nie mehr gehen. Werner Gersdorf ist, was diese Angelegenheit betrifft, schon gestorben.

«Du mußt mal zum Doktor gehen», sagte sie und hörte auf, sich auszuziehen.

«Doktor ist gut, meine Frau ist gestorben.»

Das beeindruckte sie. Da stirbt einem die Frau, man lebt in Trauer dahin, aber plötzlich meldet sich der Körper und verlangt, was des Körpers ist. Man geht ans Telefon, wählt die bestimmte Nummer, und nun geschieht das Seltsame: Was der Körper verlangt, kann der Kopf nicht geben, weil der an die tote Frau denken muß. Ist das nicht eine richtig schöne Liebe über den Tod hinaus?

«Gestorben ist nicht ganz korrekt, aber so gut wie gestorben», fügte ich hinzu.

Sie zog sich wieder an, nahm mir gegenüber Platz, saß nun da wie eine Empfangsdame im Hotel oder eine Beraterin im Reisebüro oder eine, die Staubsauger verkaufen möchte und ihre Werbesprüche hersagt.

«Na, was hat sie denn, deine Frau?»

Ich wußte nicht, ob ich es ihr erzählen durfte. Julia sah es bestimmt nicht gern, wenn ich ihre Geschichte einer anderen erzählte, so einer.

«Du bist doch hergekommen, um es zu erzählen, also spuck es aus!»

Der letzte Halbsatz störte mich, er klang so vulgär. Ich hatte eine feine, zarte Geschichte zu erzählen, ja eigentlich eine Liebesgeschichte, aber sie sagt zu mir: Spuck es aus! Noch nie hatte ich alle Einzelheiten preisgegeben, weder unseren Freunden noch dem Anwalt, immer nur Bruchstücke, nach denen man mich gefragt hatte, den Rest in mich hineingefressen. Spuck es aus! sagte eine Frau, die ich nicht kannte, die mir für eine Stunde ihren Körper verkauft hatte und erstaunt war, daß ich nur ihr Ohr brauchte.

Sie hörte zu, ohne mich zu unterbrechen, zündete immer

wieder Zigaretten an, trank Wein, zupfte nervös an den Lippen, blickte auch mal zur Uhr. Als ich von den sechs Flaschen Zweiunddreißigprozentigem erzählte, die ich im Kühlschrank zurückgelassen hatte, lachte sie los.

«Hab ich dir gar nicht zugetraut!» rief sie. «Hat es denn geholfen?»

«Natürlich hat es geholfen, sie ist tot, und ich habe sie umgebracht.»

Der Satz machte sie nachdenklich. Sie schien zu überlegen, ob sie mir Vorwürfe machen oder für mich Partei ergreifen sollte, was eigentlich ihre Pflicht gewesen war, denn ich hatte sie bezahlt, und das reichlich. St. Moritz ist teuer, die Luft ist teuer und dünn, die Menschen sind teuer, am teuersten die Frauen.

«Du bist ja ein ganz Feinfühliger», meinte sie und lächelte nachsichtig. «Nicht mehr mit der eigenen Frau schlafen, weil sie trinkt, so empfindlich darf man doch nicht sein.»

Zweifellos war ich ein Sonderfall in ihrer Sammlung, ein Sensibler, der sich vor einer betrunkenen Frau ekelte. Sie musterte mich wie einen seltenen Vogel.

«Irgendwie sind wir doch alle süchtig», entschied sie nach längerer Pause. «Sieh dir mal die sogenannten Normalen an. Millionen fressen pausenlos, ohne aufzuhören. Denk mal an die Weiber mit ihren Süßigkeiten. An keiner Konditorei können sie vorbeigehen, keine Bonbontüte ist vor ihnen sicher. Von den Rauchern und den Verrückten in den Spielhallen wollen wir gar nicht reden. Und sexuell Süchtige gibt es auch. Wenn die eine Woche keinen Partner haben, laufen sie wie hungrige Tiger durch den Käfig. Ich kenne Leute, die sind süchtig nach Arbeit. Die Geizigen haben es mit der Sucht nach dem Geld; morgen müssen sie sterben, aber heute schaufeln sie noch ihr Geld um. Was ich hier treibe, ist auch eine Art Sucht. Ich komme davon nicht los, so wie deine Frau nicht von ihrem Schnaps loskommt. Weihnachten dachte ich noch: Fang ein normales Leben an, werd Verkäuferin und such dir einen Mann und krieg Kinder! Neujahr mußte ich schon wieder den dämlichen Telefonhörer abnehmen. Ich fuhr für vier Wochen zur Erholung an einen See in Österreich. Glaub mir, es war die Hölle. Ich mußte zurück zu diesem verdammten Telefon.»

«Alkohol ist anders», sagte ich. «Wenn du es mit Alkohol hast, hörst du irgendwann auf, ein Mensch zu sein.»

Meine Zeit war abgelaufen. Sie erhob sich und brachte mich zur Tür.

«Ich bin ja kein Doktor», meinte sie, «aber soviel sieht ein Blinder: Du bist nicht normal, mein Lieber. Du ekelst dich zu früh, daran liegt es. Fahr schnell nach Hause, setze dich zu deiner Frau auf die Couch, trinkt euch einen an und schlaft zusammen. Dann geht es besser.»

«Aber sie ist doch tot!» erwiderte ich.

«Ach ja, tot ist sie. Nein, dann geht es natürlich nicht, dann ist nichts mehr zu machen, dann ist der Ofen aus.»

Draußen suchte ich eine Telefonzelle, wählte meine eigene Nummer und hörte, was ich schon lange wußte: «Kein Anschluß unter dieser Nummer.»

O Julia, wenigstens deine Stimme hättest du hinterlassen sollen, auf Band sprechen, damit ich dich jeden Abend anrufen und hören kann.

Elend war mir zumute. Nie zuvor hatte ich eine solche Sehnsucht nach Julia verspürt wie an jenem September-abend in St. Moritz. In dem Appartement der Frau, deren Namen ich nicht kannte, brannte Licht, in allen Fenstern des Engadins brannte Licht, über der Berninagruppe flimmerten die Sterne, nur ich stand im Dunkeln. Kein Anschluß unter dieser Nummer.

Als ich den Malojapaß hinabfuhr, dachte ich, daß die Geschichte nun zu einem würdigen Ende kommen müßte. Die Scheinwerfer tasteten die Felswände ab, verfingen sich in den Baumkronen und fielen vor mir in den Abgrund. Einmal geradeaus fahren, und es wäre zu Ende. Julia würde mich in der Tiefe empfangen, mit mir Hand in Hand wandern aus dem Land der Süchte in eine schöne Welt. Das wäre ein würdiges Ende.

Wie kam die Flasche Rotwein in meinen Kühlschrank? Ich entdeckte die halbleere Flasche Montagne morgens, noch vor dem Frühstück. Ein alter Mann, ein freundlicher, bärtiger Nikolaus, lachte von dem Etikett, prostete mir zu und sagte dreisprachig, daß er hundert Jahre alt zu werden gedenke, weil er zu jeder Mahlzeit ein Gläschen Montagne trinke. So also war das. Der Dämon hatte sich verkleidet, die Gestalt dieses freundlichen Alten angenommen.
Wahrscheinlich kam die Flasche aus dem Supermarkt in Vicosoprano. Hatte ich sie überhaupt bezahlt? Vermutlich hatte ich sie Renata zugedacht, der ich ein Geschenk machen wollte, weil sie vier Monate den Staub gesaugt, den Mülleimer entleert und mir Nachrichten von der Außenwelt gebracht hatte. Warum hatte ich die für Renata bestimmte Flasche zur Hälfte selbst geleert?
Den Rest goß ich in den Ausguß. Die Wohnung stank penetrant nach billigem Rotwein. Ich spülte Wasser nach, aber es stank weiter, haftete an Gardinen und Möbeln, wohl auch an mir. Als ich die Fenster öffnete und den Wind einließ, blieb der säuerliche Geruch. Später entdeckte ich die Ursache: Die auf dem Fußboden stehende leere Flasche stank so erbärmlich. Ich spülte sie aus, korkte sie zu und warf sie in den Mülleimer. Sofort war

die Luft rein und wieder atembar. Renata hatte ein besseres Geschenk verdient als diesen billigen Montagne. Wenn schon Wein, dann eine Flasche Veltliner. Ich werde veranlassen, daß man die Flasche in Geschenkpapier wikkelt. Am Sonntagmorgen werde ich sie Renata übergeben. Es wurde kälter. Es kam mir vor, als fiele die Kälte aus der oberen Wohnung durch die Decke auf meine Schlafstelle. Einen Sommer lang ängstigte mich das tropfende Wasser dort oben, nun kam die Kälte. Ob Renata vergessen hatte, ein Fenster zu schließen?

Die Bauern holten ihr Vieh von den Hochalmen. Ich hätte sie gern wieder begleitet, aber niemand sagte es mir. Erst als die Tiere aus dem Wald kamen und dann glockenläutend auf den Wiesen vor dem Dorf weideten, merkte ich es. Die Alten werden wieder Montagne trinken wie beim Almauftrieb, dachte ich, aber sie werden dich nicht einladen.

Tags darauf zogen Waldarbeiter in den Berg, um krankes Holz zu schlagen. Der Gesang ihrer Sägen erfüllte das Tal, plötzlich war es laut geworden im Bergell. Axtschläge, das Rauschen der niedergehenden Bäume, brechendes Astwerk, dumpfe Aufschläge. Ich ging hinauf und sah ihnen aus sicherer Entfernung zu. In den Pausen sprach ich mit den Waldarbeitern, gab ihnen von meinem Montagne, den wir verdünnt mit Bergwasser tranken und fragte sie nach dem bevorstehenden Winter. Der Schnee werde so hoch liegen wie die Friedhofsmauer, sagten sie. Wenn ich vor dem Winter über die Pässe wolle, müsse ich im Oktober fahren.

Wie schnell es mit dem Tageslicht abwärts ging. Von heute auf morgen verzögerte sich der Sonnenaufgang. Ich mußte länger warten, bis das Licht die Felsen des Piz Lunghin erreichte. Gegen neun Uhr erschien die Sonne im

Dorf, goß ihr Licht auch in meine Fenster. Wenig später kam auch die Wärme. Die Eisblumen tauten, lösten sich auf und fielen in dicken Tropfen auf die Fensterbank. Das war das Geräusch des tropfenden Wassers, das ich so oft gehört hatte. Es hatte auch meine Küche erreicht, die geschmolzenen Eisblumen tropften auf die Fliesen.

Bald auch der erste Schnee. Er fiel nicht in der Nacht, sondern an einem Vormittag. In Casaccia regnete es, aber oben an der Baumgrenze fiel Schnee, über dem Wasserfall Schnee, über dem Albigna-Staudamm Schnee. Die gelben Gondeln der Pranzaira-Bahn schwebten die Hälfte ihres Weges über dunkelgrünen Fichten, danach verloren sie sich im Weiß. Früh kamen die Schatten nach Casaccia. In Vicosoprano schien um vier Uhr nachmittags noch die Sonne, auch in Promotogno und in Giuliettas Bondo, erst recht in dem sonnenverwöhnten Soglio, aber in Casaccia beschlugen die Scheiben von der Kälte. Über dem Staudamm glühten stundenlang die Berge. Der frische Schnee, der auf die Felder gefallen war, nahm Farbe an. Abendrot im Bergell bis hinauf zum Maloja. Wenn die Holzfäller vor Einbruch der Dunkelheit von der Arbeit heimkehrten, begannen jenseits der Wasserfälle die Hirsche zu röhren. Täuschte ich mich, oder rüttelte der Malojawind heftiger an den Birken? Es wurde kälter, ohne Frage kälter.

Zum Aufwärmen fuhr ich gern nach Castasegna in die milde Wärme, die vom Lago di Como die Bergtäler hinaufzog, aber Casaccias Höhe nicht mehr erreichte. Dort streifte ich durch den Maronenpark, in dem die Bäume voller Früchte hingen. Aus der Ferne glichen sie dem weichen Flaum junger Küken, in Wahrheit stachen sie schmerzhaft. Ich sammelte die ins Gras gefallenen Maronen, schenkte sie Renata, die mir sagte, daß es eigentlich nicht erlaubt sei, Maronen zu sammeln. Jeder Baum habe seinen Besitzer, der allein die Früchte ernten dürfe. Verzeihung, ihr Maronenbaumbesitzer im Bergell, das wußte ich nicht. Ich dachte, es wäre nicht anders als in unseren Parks in Hamburg, in denen die Kinder Eicheln und Kastanien sammeln dürfen, wenn es ihnen Spaß macht.

Das war neu an mir: Ich fuhr oft mit dem Auto durch die Gegend. Ich fürchtete mich nicht mehr davor, entdeckt zu werden. Ich brachte es sogar fertig, nach St. Moritz zu fahren, nur um die Haare schneiden zu lassen oder eine Zeitung zu kaufen. Immer wieder auch nach Bondo zu dem kleinen Flecken abseits der Straße. Wo war Giulietta geblieben? Seit Tagen hatte ich sie nicht mehr gesehen. Im Posthäuschen von Casaccia verrichtete ein älterer Mann ihren Dienst. Giulietta ist ins noch warme Italien auf Urlaub gefahren, dachte ich. Oder schlimmer: Giulietta ist krank.

10. Oktober. Zum erstenmal erschien auf dem Schild am Eingang Casaccias, das über die Befahrbarkeit der Alpenpässe Auskunft gibt, der Hinweis, daß am Julier Schneeketten erforderlich seien.

Ich vergaß mehr und mehr meine Sparsamkeit. Das unnütze Herumfahren mit dem Auto kostete Geld. Einen neuen Keilriemen mußte ich kaufen, auch das Rücklicht war defekt. Am meisten verschlangen jedoch meine Besuche im «Pranzaira»-Restaurant, wo ich Forellen töten ließ und italienischen Weißwein trank. Nach einem Abend im «Pranzaira» hatte ich ein kleines Unglück.

Auf der Rückfahrt kam mir in einer Kurve zwischen Pranzaira und Casaccia der Postbus entgegen, hell erleuchtet. Auf der hinteren Sitzbank entdeckte ich Giulietta. Ich bremste scharf, blickte mich nach ihr um, wollte mich nur vergewissern, ob sie es war, da geriet das rechte Vorderrad meines Wagens auf den Schotter und rutschte ab. Ich hing mit der Hälfte des Autos im Graben. Zurücksetzen konnte ich nicht, weil das Blech auflag. Die Räder drehten, ohne zu fahren.

Von Casaccia kam ein Auto herab, ein Mann stieg aus und überfiel mich mit einem Redeschwall in Italienisch. Gemeinsam versuchten wir, das Auto auf die Straße zu schieben. Als es nicht gelang, versprach er, Hilfe zu holen. Noch bevor seine Hilfe eintraf, hielt ein Polizeiwagen neben mir, zufällig und doch wie gerufen. Nun kommst du in die Papiere, Werner Gersdorf. Nun wirst du zurückgebracht in die Welt, die du verlassen wolltest. Nun hat das Versteckspielen ein Ende. Zwei Polizisten kamen zu mir.

«Als Norddeutscher kennen Sie sich im Serpentinenfahren schlecht aus», meinte der eine.

Sonderbar: Ich hatte keine Angst vor ihnen. Ich fühlte mich befreit, weil nun, gewissermaßen durch höhere Gewalt, meine Isolation zu Ende ging.

«Seien Sie froh, daß es nicht am Malojapaß geschehen ist», sagte der andere. «Da wären Sie hundert Meter tief gefallen.»

Im Schein der Polizeitaschenlampe besichtigten sie mein Fahrzeug. Vorn eine verbogene Stoßstange, rechts der Kotflügel eingedrückt, darüber hinaus kein sichtbarer Schaden. Als mein Helfer zurückkehrte, hoben und schoben wir – auch die Polizisten packten mit an – den Wagen aus der Schieflage.

«Haben Sie Alkohol getrunken?» fragte einer der Polizisten.

«Nein», log ich. «Ich trinke schon seit Jahren nicht mehr, weil ich eine alkoholkranke Frau habe.»

Das glaubten sie. Da ich weder die Schweizer Straße noch den Schweizer Wald oder einen Schweizer Telefonmast beschädigt hatte, ließen sie mich fahren.

Angenehme Wärme schlug mir entgegen. Renata hatte die Heizung eingeschaltet. Ich zog die Vorhänge zu, warf mich auf die Couch und spürte, daß ich am ganzen Körper zitterte. Die Begegnung mit der Schweizer Polizei ist dir doch nahegegangen, Werner Gersdorf. Gib es ruhig zu. Ich holte den Montagne aus dem Kühlschrank, wieder eine Flasche, die eigentlich für Renata bestimmt war.

Auf den Schreck erst einmal einen trinken! Das war Julias Standardspruch. Wenn ihr eine Tasse runterfiel oder die Milch überkochte, wenn es auf der Kreuzung draußen krachte oder sie von einem Unglück erfuhr – auf jeden Schreck erst mal einen zur Beruhigung.

Das Zeug war eiskalt, was mit meiner dummen Gewohnheit zusammenhing, alles Trinkbare in den Kühlschrank zu stellen. Der kalte Strom der Flüssigkeit schoß in meinen Magen. Dieser billige Montagne beruhigte ungemein. Meine Hände hörten auf zu zittern, ich konnte aufstehen und das Radio einschalten. Ein Sinfonieorchester spielte Unbekanntes und doch Tröstliches. Entspannt lag ich auf der Couch und hörte zu. Sie spielten ja stundenlang, diese Sinfonieorchester, sie spielten die Kranken und Elenden in den Schlaf. Morgen werde ich Julia anrufen und ihr von der sonderbaren Begegnung mit der Schweizer Polizei erzählen. Auch von der Frau in St. Moritz werde ich berichten. Stell dir das mal vor Julia, sie hat mir geraten, heimzufahren, mich zu betrinken und mit dir zu schlafen.

Mit Kopfschmerzen aufgewacht. Im Zimmer brannte noch Licht. Das Radio knisterte und knackte, auch Sinfonieorchester hören einmal auf zu spielen.

Duschen, dachte ich. Auf dem Weg ins Bad erfaßte mich der Schwindel. Ich stützte mich an der Wand, glaubte ei-

nen Augenblick, die Knie müßten einknicken, zusammenklappen wie ein Taschenmesser. Die Schwäche wich erst,
als ich mir den Rest aus der Rotweinflasche nahm.
Aufs Duschen verzichetete ich. Es könnte sein, daß mich
unter dem kalten Wasser wieder der Schwindel packte
und zusammenklappen ließ wie ein Taschenmesser.
Frühnachrichten der Schweizer Rundspruchgesellschaft.
Wind soll es geben, sagte der Sprecher. In höheren Lagen
Schnee, in den Tälern Regen. Noch sind die Pässe frei,
sagte das Schweizer Radio, aber es sind Tiefs unterwegs,
von Deutschland kommend. Ich schaltete nicht gleich
aus, dachte, es käme nun Sport, wie immer nach den
Nachrichten. Aber es kam, während ich im Sessel saß und
zur Tür blickte, der Dämon. Ich erkannte ihn sofort als
jenen Geist aus der Flasche, der Julia umgebracht hatte.
Das Radio verstummte augenblicklich. In meinem Kopf
staute sich das Blut. Ein Luftzug ging durch die Räume, es
wurde kalt, die Gardine schlug gegen das Holz des Kü-
chenschranks. Oben rauschte – nun hätte es auch Renata
wahrgenommen, wäre sie nur da! – das Wasser. Wenn ich
die Kraft aufbrächte, die Dusche zu erreichen, könnte ich
den Dämon ertränken. Oder erwürgen. Aber ich verharr-
te im Sessel, dachte, daß es keinen Sinn gebe, weiter zu
kämpfen. Für wen willst du dich sauber halten, Werner
Gersdorf? Du hast keinen, der dir nahesteht, Julia hast du
verloren, vielleicht, wenn du mit dem Dämon gehst, findest du sie wieder. Warum kämpfen? Wofür?
So lag ich eine Viertelstunde, sah dem Dämon zu, wie er
in meiner Wohnung umging. In verschiedenster Gestalt.
Einmal mit dem Gesicht des alten Mannes von der Weinflasche, auch die höfliche Bedienung des «Pranzaira» kam
vor und die Frau in St. Moritz, wie sie Wein trank und
sich auszog. Nur Julia sah ich nicht.

Ich schloß die Augen und spürte, wie es aus der Ferne auf mich zukam. Ich sah das sprudelnde Wasser in den Bergen, den Gletschersee, die Wasserfälle mit ihrer unglaublichen Reinheit, den eßbaren Schnee, die Hagelkörner, die das Siel verstopften. Die sah ich nicht nur, ich hörte sie auch auf das Dach prasseln und gegen die Scheiben. Sie rüttelten mich wach. Ich bekam Kraft, mich zu erheben, die wenigen Schritte zur Küche zu gehen. Dort riß ich den Küchenschrank auf, holte zwei Flaschen Montagne mit einem Griff, wie man giftige Schlangen aus der Kiste nimmt, ans Tageslicht. Schlug dem Getier an der harten Kante der Spüle den Kopf ab und ließ die rote Flüssigkeit in den Ausguß plätschern. Meine Hände wie in Blut gebadet. Rote Spritzer auf der Herdplatte. Im ganzen Haus ein säuerlicher Gestank, der mir den Atem nahm. Ich drehte den Wasserhahn auf, ließ das Wasser durch den Ausguß fließen, rannte ins Schlafzimmer, fand in der Wäsche eine Flasche, eine hinter dem Vorhang der Dusche. Ich zertrümmerte beide, mischte die rote Flüssigkeit mit dem ablaufenden Wasser. Danach stolperte ich die Treppe hinunter in die Garage. Unter dem Fahrersitz eine Flasche, im Kofferraum, sorgfältig in Decken gewickelt, die zweite. Ich trug sie hinauf zur Schlachtbank, verletzte, während ich mit den Flaschen wütete, meine Finger und mischte richtiges Blut mit dem säuerlichen Blut des Dämons.

Eine Flasche fehlte noch. Du machst mir nichts vor, mein Lieber! Eine mußt du noch herausrücken! Weder Polizei noch Gerichte hatten mich gefunden, aber der Dämon hatte mich aufgespürt, jenseits der Berge, wo ich mich so sicher fühlte. Er hatte sich bei mir eingeschlichen. Ich mußte die verdammte Flasche finden, und zwar sofort. In einer Viertelstunde wäre es zu spät, könnte ich sie nicht mehr umbringen wie die anderen. Ich suchte in allen Räumen, lag auf den Knien, warf die Wäsche auf den Fußboden, rückte die Couch zur Seite und die Sessel, inspizierte den Mülleimer und fand sie schließlich im Bücherbord, hinter Brehms Tierleben und »Die schönsten Alpenstraßen« versteckt, diese letzte Flasche. Ich trug sie zum Fenster, hielt sie gegen das Licht des heraufdämmernden Tages, betrachtete den freundlichen alten Mann, der mir zuprostete. Ein schönes helles Rot in meiner Hand. Der Alte lächelte mich an, verständnisvoll und mitfühlend. Jeder wird dich verstehen, Werner Gersdorf. Du bist entschuldigt. Der rote Montagne als letzter Trost.

Nun redest du schon so, wie sie alle reden, dachte ich, riß das Fenster auf, warf die Flasche über die jungen Birken in den Garten, wartete auf das Klirren von Glas, aber sie zersprang nicht. Sie rollte einen Hang abwärts, blieb unbeschädigt im nassen Gras liegen, wartete auf mich. Also gut, das schien mir ein Gottesurteil zu sein. Wer einen solchen Wurf übersteht, darf leben. Wenn am Galgen der Strick reißt, ist der Verurteilte frei. Also laß die Flasche in Ruhe und den freundlichen alten Mann auf dem Etikett auch. Ich zwang mich zu essen. Knäckebrot ohne Aufstrich. Kaum hatte ich die ersten Bissen geschluckt, überfiel mich die Vision, die Flasche im Garten bekäme Füße und liefe mir nach ins Haus. Du wirst den ganzen Tag an die Flasche denken, die gefüllt im Garten liegt. Abends, wenn es dunkelt und dich niemand sieht, wirst du sie hereinholen, weil es doch Frost geben könnte. Dann müßte der alte Mann auf dem Etikett frieren.

Ich verließ das Haus über die Terrasse, schlich mich an die Flache, die im weichen Gras lag und schlief, wie ein Kind in der Wiege. Ich hob sie auf, trug sie zur Straße, hätte sie gern auf den Asphalt geworfen, wäre das nicht eine grobe

Behinderung des Straßenverkehrs gewesen. Wohin damit? Ich packte sie am Hals und warf sie über die Straße auf einen Schotterhaufen. Sie zersprang nicht. Gut sichtbar für die vorbeifahrenden Autofahrer lag sie auf dem Steinhaufen, weit genug von mir entfernt, aber immer noch unzerstört. Von der Terrasse aus konnte ich sie erkennen, auch aus dem Küchenfenster. Wann immer ich nach draußen blickte, sah ich die Flasche auf dem Schotterhaufen. Als die Sonne durchbrach, funkelte sie rot wie ein Rubin. Ich ließ mir Zeit, kochte Kaffee, aß trockenes Knäckebrot zu heißem Kaffee, ging anschließend hinaus, um nach dem Wetter zu sehen. Auf der Straße hielt ein Auto. Ein Mann stieg aus. Er wird den Schotterhaufen erklettern, die Flasche holen und mitnehmen, dachte ich. Dann wäre endlich Ruhe. Aber er blickte nur kurz unter die Motorhaube, fuhr weiter, ohne die Flasche zu beachten.

Ich allein mit der Flasche, die so auffallend leuchtete. Vor der Straße mußte ich halten, zwei Autos passieren lassen, die zum Maloja wollten. An der Tankstelle sah ich den jungen Mann, den ersten, der mir in Casaccia geholfen hatte. Er hob die Hand und grüßte. Ihm könnte ich die Flasche schenken, fuhr es mir durch den Kopf. Ich wartete, bis er in seinem Häuschen verschwunden war, danach kletterte ich auf den Schotterhaufen. Noch hatte ich die Flasche nicht erreicht, als der Postbus von Castasegna kam. Giulietta saß neben dem Fahrer. Endlich wieder Giulietta. Sie wird aussteigen, am Schotterhaufen vorbeikommen und etwas Freundliches sagen. Der Bus hielt gegenüber der Posthütte, aber Giulietta stieg nicht aus. Man hatte sie zum Postamt Maloja versetzt, nach Silvaplana, St. Moritz oder zur Endstation Pontresina. Denkbar, daß sie um die Versetzung gebeten hatte, weil sie sich in Casaccia belästigt fühlte von einem sonderbaren

Menschen, der merkwürdige Telefongespräche führte und durch Bondo geschlichen war, um ihr nachzuspionieren.

Enttäuscht, weil Giulietta nicht ausgestiegen war, nahm ich die Flasche in den Arm, kroch auf der anderen Seite vom Schotterberg runter, schlug mich in die Büsche zum Fluß hin. Bevor ich die Maira erreichte, spürte ich das Verlangen, den Korken mit den Zähnen herauszureißen und die Flasche zu leeren. In meiner Gier biß ich den Korken ab, setzte mich ans steinige Ufer, suchte einen Stock, um den Korken in die Flasche zu drücken. Als ich keinen fand, nahm ich einen Stein und schlug dem alten Mann mitten ins Gesicht. Mit einem Knall zersprang das Glas, die rote Flüssigkeit versickerte im Gestein, die Maira färbte sich rot. Nun werden die Forellen sterben.

Ich fror. Das kam von der Kühle, die der Fluß ausatmete. Ich wartete, bis die Maira wieder sauber war, dann rannte ich zurück ins Haus, zwang mich, weiter Knäckebrot zu essen, würgte es in mich hinein, bis ich mich übergeben mußte. Wie ein Blutsturz schoß es mir aus dem Leib, ein säuerliches Gemisch von Kaffee, Knäckebrot und Rotwein. Ich spülte den Mund aus, legte mich auf die Couch und schloß die Augen. Du zitterst ja, Werner Gersdorf. Schlafen wäre das beste, aber bevor mich der Schlaf einholte, fiel mir ein, daß ich nicht mehr leben mochte. Es wären noch einige Telefongespräche zu führen. Ich hatte mich zu verabschieden von den Menschen, deren Telefonnummern ich besaß, von dem Anwaltsbüro in Hamburg, der Frau in St. Moritz, von Giulietta und von Julia. Ich habe dir Vorwürfe gemacht, Julia, weil du nicht stark genug warst. Nun hat mich der Dämon eingeholt, und ich bin ebenso schwach.

Es klopfte an der Tür. Renata kam und sah die geköpften

Flaschen in der Küche, spürte den säuerlichen Geruch in den verpesteten Räumen.

«Der professore hat angerufen. Er wird am Sonntag kommen und will mit Ihnen eine Tasse Kaffee trinken und plaudern über Ihre Arbeit.»

Renata warf die Flaschen in einen Müllsack, holte den Besen aus der Abseite und fegte die Glasscherben zusammen.

«Wir haben in Vicosoprano einen guten Arzt», sagte sie. Danach verließ sie leise die Wohnung, zog die Tür vorsichtig hinter sich zu, als verlasse sie das Zimmer eines Schwerkranken, der dringend der Ruhe bedarf.

Kaum war sie fort, fiel mir wieder ein, daß ich nicht mehr leben wollte. Der Tag war wie geschaffen, um nicht mehr leben zu wollen.

Die Berge um Casaccia grau verhangen, oberhalb des Albigna-Staudamms nur Wolken. Der Piz Lunghin unsichtbar. Die Quelle der Julia in Nebel gehüllt. Ich versuchte es noch einmal mit Knäckebrot. Diesmal behielt der Magen die Nahrung. Ich zog mich warm an, fuhr das Auto aus der Garage. Renata stand am Fenster ihres Hauses und sah mir zu. Als ich rechts auf die Straße bog und ins Tal fuhr, wird sie gedacht haben: Er besucht den guten Arzt in Vicosoprano. Aber ich brauchte keinen Arzt mehr. Vor der Talstation der Pranzaira-Bahn stellte ich mein Auto ab, das einzige Fahrzeug auf dem riesigen Parkplatz. Im Oktober fuhren die gelben Gondeln nur auf Vorbestellung und an schönen, klaren Tagen mit Weitsicht. Kein Mensch in der Talstation, mit dem ich ein Wort hätte sprechen können. Die Stahlseile hingen durch. Bis zur Schlucht konnte ich sie verfolgen, danach verschwanden sie in den Wolken. Morgen werden sie einen einsam parkenden Pkw mit Hamburger Nummer finden, abgestellt vor der menschenleeren Talstation der Pranzaira-Bahn. Gehen wir! Warum wir? Ich bin doch allein. Neben mir nur das rauschende Wasser der Albigna. Dicke Wassertropfen fallen von den Zweigen und zerplatzen auf meinem Kopf. Hinter mir in den Serpentinen des Malojapasses hupt ein Auto. Nach einer Viertelstunde erreichte ich eine Waldlichtung. Sie gibt den Blick frei auf die Talstation und das Auto, das sie morgen finden werden.

Wie immer nach dem Übergeben quält mich der Durst. Ich trinke aus dem Fluß, doch der Durst bleibt.

Gehen wir.

Ich hätte Renata einen Brief schreiben sollen. Keinen professore, der an einem großen Werk arbeitet, hast du beherbergt, sondern einen armen Teufel, der seinen Dämon zur Albignaschlucht hinaufträgt, um es zu Ende zu bringen, so oder so.

Der Hang zerklüftet, die Nähe der Schlucht spürbar. Über mir hängt als letzte Verbindung zum Leben da unten das Seil, an dem die gelben Gondeln fahren, wenn sie fahren. Erinnerst du dich an das Fest auf dem Hamburger Rathausmarkt, Julia? Sie spannten ein Seil vom Jungfernstieg über das Wasser in ein Fenster des Rathausturms. Einer fuhr mit dem Motorrad das Seil hinauf und verschwand im Turmfenster. Wir sahen zu und leckten Bananeneis aus der Tüte.

Diese Schlucht! Ein Riß in der Erde, ein Grab, tiefer als die Gräber im Ozean. Ich stehe ganz ruhig davor, denke, es ist auch nicht anders als der Felsen von Helgoland oder die Plattform des Michaelisturms.

Die letzte Flasche Montagne hätte ich nicht in den Fluß werfen, sondern mitnehmen sollen. Am Abgrund sitzen, die Flasche austrinken, sie in die Schlucht werfen und mich hinterher.

Ich schäme mich so erbärmlich. Ich mag niemandem mehr unter die Augen treten. Auch habe ich Angst vor jenen Qualen, die der Dämon Julia bereitet hat, diese fortgesetzten Rückfälle und Demütigungen. Ich will es tun, solange ich bei Verstand bin. Ja, es gehört Verstand dazu, in eine Schlucht zu springen. Denkt nur nicht, die Selbstmörder hätten den Verstand verloren. Gerade der ist ihnen geblieben und zeigt die schauerliche Ausweglosigkeit.

Elf Uhr fünfzehn. In Casaccia hält jetzt der Mittagsbus nach Pontresina.

Du willst doch nicht beten, Werner Gersdorf? Wer betet, hat noch Hoffnung, glaubt noch an einen Sinn. Ich weiß, Julia, du hattest immer Angst vor solchen Abgründen. Du gingst zwei Schritte zurück, wenn ein Zug einlief, aus Furcht, eine fremde Stimme könnte dir eingeben, vor den Zug zu springen. Aber ich stehe ganz gelassen an der Bahnsteigkante, unter mir rasen die letzten Züge vorbei.

Elf Uhr zwanzig. Gegenüber am Hang beginnt eine Motorsäge zu lärmen. So weit entfernt und doch so nah. Schneeflocken, dicke weiße Pelzstücke, taumeln an mir vorüber. Sie weigern sich, in die Schlucht zu stürzen. Sie tanzen an der Felskante hin und her, bis der Sog der Tiefe sie erfaßt. Nun fallen sie schnell, werden schwarz und unsichtbar.

Mein Haar ist weiß. Auf den Händen schmelzen Schneeflocken, kühlen das Gesicht. Ich öffne den Mund, lasse Schneeflocken auf der ausgestreckten Zunge zu Wasser werden. Noch immer habe ich Durst.

Wie rasch sich die Umgebung verändert. Das Dunkelgrün der Nadelbäume schon weiß überschüttet, das Rotbraun der Fichtenstämme weiß angestrichen. Ein nasser Schnee ist es, ein Schnee für Iglus, Burgen und Schneemänner, für dreißig Jahre zurückliegende Schneeballschlachten auf dem Schulweg in Hamburg-Niendorf. Es gab mal einen Winter, da versank ganz Norddeutschland im Schnee. Julia und ich kamen nachts von einem Kostümfest nach Hause. Unser Auto blieb, und das mitten in der Großstadt, in einer Schneewehe stecken. Eine halbe Stunde stapften wir zu Fuß durch den Schnee, Julia mit ihren Tanzschuhen.

Im Schnee sterben muß doch schön sein, sagte sie in jener Nacht. Du setzt dich hin, um auszuruhen, wirst zugedeckt fühlst sogar Wärme unter dem Schnee und stehst nicht wieder auf.

Über mir ruckt das Seil der Pranzaira-Bahn, wirft seine Schneelast in die Schlucht. Das Seil beginnt zu singen, über mir ein sirrendes Geräusch wie Eisen auf Eisen. Erst strafft sich das Seil, dann hängt es wieder durch. Sie schicken eine Gondel, um dich zu holen, Werner Gersdorf.

Und wenn Julia doch noch lebt.

Elf Uhr dreißig. Ich verstecke mich im Dickicht und warte auf die Gondel. Sie haben mein Auto gefunden und meine Spur, sie wissen, daß sich jemand am Abgrund herumtreibt. Wanderwege sollten nicht an tiefen Schluchten vorbeiführen. Jeder, der hier wandert, muß ans Sterben denken. Wir brauchen Umwege, dringend Umwege.

Die Gondel kommt nicht. Auf dem Stahlseil sammelt sich wieder Schnee. Ein Rinnsal von Schmelzwasser läuft an meiner Nasenwurzel abwärts. Ich habe immer noch Durst.

Wenn Julia noch lebt!

Ich beginne zu frieren. Ich klopfe mir den Schnee von der Kleidung, rolle einen Schneeball und werfe ihn in die Schlucht, höre ihn nicht ankommen.

Du solltest dich überzeugen, ob Julia wirklich tot ist. Du

solltest nach Hamburg fahren, die Ämter und Friedhöfe besuchen, um Gewißheit zu erhalten.

Ein Stein löst sich unter dem Gewicht des Schnees, rollt an mir vorbei, rollt, immer lauter werdend, den Hang hinab. Ich folge dem Stein, verlasse den Wanderpfad, renne auf direktem Weg, sozusagen Luftlinie, zur Talstation, springe über Felsen, rutsche, stolpere, schlage mit dem rechten Bein gegen morsches Holz. Zweige zerkratzen mir das Gesicht, zwingen mich, die Augen zu schließen. Ich höre die Motorsäge, immer näher kommend. Ich höre die Geräusche der Straße, verspüre etwas Heißes im Schuh. Vermutlich Blut, ja, ich wate durch Blut. Vor mir reißt der Wald auf. Eine Straße! Meine Straße, die einzige, die durchs Bergell führt. Ein Auto wirft Schneematsch in den Graben. Ich höre Wasser rauschen. Das ist der Albignafluß, der zur Maira stürmt. Ich fühle mich schmutzig. Ich knie am Ufer nieder, schöpfe mit den Händen, wasche das Gesicht. Augenblicklich erstarren die Hände. Es ist gut, es ist alles gut...

In Casaccia regnet es, aber oben an meinem Obelisken liegt schon Schnee. Schneebedeckt auch der kleine Friedhof.

Ich stürme ins Haus, reiße mir die nassen Kleider vom Leib, stelle mich unter die heiße Dusche.

Eine Viertelstunde später kommt Renata, um mir zu sagen, daß ich das Abblendlicht habe brennen lassen.

«Ich werde morgen nach Hause fahren», sage ich. «Gleich in der Frühe.»

Sie scheint nicht überrascht zu sein, hält es wohl für richtig, daß ich fahre.

«Muß ich noch Geld bezahlen?»

«Nein, es ist alles bezahlt.»

«Wohin mit dem Schlüssel, Renata?»

«Ich werde morgen kommen, wenn Sie abfahren, professore.»

«Aber ich fahre sehr früh.»

«Ja, ich komme sehr früh.»

Schnee nun schon im Dorf, die Dächer weiß, auch die Straße. Vorbeifahrende Autos schleudern Schneematsch in die Gräben und gegen das Schild am Dorfeingang, auf dem in Leuchtschrift steht, daß Julier und Maloja noch frei sind.

Ich fahre zur Tankstelle, bitte den jungen Mann, vollzutanken und nach dem Öl zu sehen, weil ich morgen nach Hause fahren müsse. Er schlägt vor, die Inntalstraße bis Innsbruck zu fahren, die sei noch frei, wenn der Julier schon im Schnee liege. Von der Tankstelle zum Posthäuschen. Wäre Giulietta dagewesen, hätte ich jetzt in Hamburg angerufen, um Julia zu sagen, daß ich komme. Giulietta ist nicht da, der Mann, der sie vertritt, ist nicht da, die Post von Casaccia hat geschlossen.

Bis zum Einbruch der Dunkelheit packe ich, trage Tüten und Taschen in die Garage, verstaue die nasse Kleidung so im Kofferraum, daß sie während der Fahrt trocknen kann. Um Renata einen Gefallen zu tun, werfe ich den Staubsauger an, fahre damit durch alle Räume. Dabei geschieht es, daß ich unter dem Bett die wirklich letzte Flasche Montagne finde, die der Dämon für mich hinterlassen hat. Ich wage nicht, sie zu berühren, will sie einfach vergessen, damit Renata sie morgen findet und mitnimmt. Bald kommen mir Zweifel, ob ich eine Nacht über dieser Flasche ertragen kann. Ich bringe sie ins Wohnzimmer, stelle sie auf den Tisch und schreibe einen Zettel: «Liebe Renata, die Flasche ist ein kleines Dankeschön für die gute Betreuung in Casaccia.»

Den Zettel schiebe ich unter die Flasche. Damit ist sie

vergeben, gehört Renata. Jeder anderweitige Gebrauch wäre Diebstahl. Ich esse Abendbrot, dabei die Flasche im Auge behaltend. Um dem Dämon zu zeigen, wie sehr ich ihn verachte, trinke ich aus einem Rotweinglas klares Leitungswasser.

Maloja und Julier sind immer noch frei.

Ich habe am Auto zu tun. Ich prüfe den Luftdruck, setze mich auf den Beifahrersitz und studiere den Atlas mit den Straßen nach Norden. Um zehn Uhr abends bin ich mit allem fertig. Ich könnte nun schlafen oder den Zettel vernichten, von dem Renata noch nichts weiß, und einen neuen Zettel schreiben: Liebe Renata, ich wollte Dir eigentlich eine Flasche Montagne schenken, aber der Dämon zwang mich, sie auszutrinken.

Mit einer Flasche Rotwein im Leib kannst du unmöglich die Pässe fahren, Werner Gersdorf.

Aber du fährst erst morgen, sagt der Dämon.

Wenn du diese Flasche austrinkst, wirst du nie mehr fahren, Werner Gersdorf. Du wirst morgen zur Schlucht laufen und jeden Tag zur Schlucht laufen, bis du hineinfällst.

Ich trage Renatas Flasche mit dem Zettel in den Flur, stelle sie so neben die Tür, daß Renata sie morgen gleich findet. Nun schlafen, um nicht übermüdet die Serpentinen fahren zu müssen. Kaum liege ich auf der Couch, sehe ich das Licht im Flur. Ich habe vergessen, es auszuschalten. Es sticht mir in die Augen, hindert mich am Einschlafen.

Als ich den Flur betrete, um das Licht auszuschalten, begegnet mir die Flasche. Sie steht viel zu dicht an der Außentür. Wenn nachts Frost kommt, was nicht ausgeschlossen ist, wird sie frieren und in Stücke springen. Renata hätte viel Arbeit mit den Scherben und dem rotweinbeschmutzten Flur. Ich nehme die Flasche mit ins Warme, sicherheitshalber. Wo zum Teufel steckt der Korkenzieher? In der Küche ist er nicht, auch nicht im Schrank bei den Gläsern. Da fällt mir das Auto ein. Gestern habe ich den Korkenzieher unter den Fahrersitz gelegt für alle Fälle. Ich renne in die Garage, finde das Auto abfahrbereit und den Korkenzieher, wie vermutet, unter dem Sitz. Hinter mir fällt die Kellertür ins Schloß. Ich höre oben Geräusche, entweder aus meiner Wohnung oder aus den Räumen des Professors. Mir ist, als zertrümmere jemand Glas.

Wer hindert dich daran, sofort zu fahren, Werner Gersdorf? Du mußt fahren. Du darfst nicht mehr die Treppe hinaufgehen, um den Korkenzieher in die Küche zu bringen.

Ich öffne das Garagentor. Es schneit nicht mehr. Von der Maira her schiebt sich eine Nebelwand auf das Dorf zu. Ich denke, der Staudamm ist nun endlich gebrochen, und eine milchige graue Flutwelle wälzt sich in Zeitlupe über das Tal.

Ich fahre das Auto aus der Garage. Ich habe Angst, auszusteigen und das Garagentor zu schließen. Als ich auf die Straße biege, sehe ich hinter mir das viele Licht. Das ganze Haus verschwenderisch erleuchtet. Auch im Flur und im Bad brennen die Lampen, sogar in den Räumen des Professors. Die Laterne im Garten, malerisch anzusehen mit ihrer weißen Schneehaube, leuchtet die Birken an. Aus der Garage fällt der kalte Schein einer Neonröhre in den kalten Schnee.

Könntest du bitte das Licht ausschalten, Renata? Dafür bekommst du eine Flasche Rotwein. Sie steht in der Küche und wartet auf den Korkenzieher. Nimm die Flasche bitte mit, sie gehört dir. Wenn du am Sonntag mit deinem

Mann zusammen bist, öffnest du die Flasche, denn es ist nichts Böses daran, es ist guter Wein.

Ich verlasse nun dein Casaccia, das im Schnee nicht weniger schön aussieht als in der Sonne des Frühlings. Ich fahre sehr langsam, Renata. Nur nicht von der Straße abkommen, denke ich. Nicht in den Abgrund fallen, denke ich. Ich fühle mich wie nach einem großen Sieg. Ich fahre heim, Renata. Und bitte, schalte das Licht aus.

Niemand nahm Notiz von meiner Heimkehr.

«In sechs Wochen läuft Ihr Paß ab», sagte der Grenzbeamte, als ich Deutschland betrat. Keine Vorwürfe, kein mißtrauischer Blick in den Kofferraum, keine Suche nach unverzollten Rotweinflaschen, kein Haftbefehl wegen Verletzung der Unterhaltspflicht, Flucht vor dem Feind, Aussetzung einer hilflosen Person, Beihilfe zum Mord mittels zweiunddreißigprozentigem Korn, nur eben ein freundlicher Hinweis, den Paß verlängern zu lassen.

Von Freiburg bis Kassel schien die Sonne, sie hätte gern bis Hamburg geschienen, doch mußte sie um 17 Uhr 20 untergehen. Ein halber Mond über der Lüneburger Heide. Vor mir dieselben Sterne wie über dem Piz Lunghin. Eine Stunde bis Hamburg. Alte Seemannslieder auf NDR 2. Viel Whisky und Rum kamen darin vor und Mädchen, die an jener Stelle der Landungsbrücken warteten, an der damals die «Prinz Hamlet» mit Julia festgemacht hatte.

Auf mich wartete niemand. Julia war tot. Die Personalkartei von Wulf & Sohn führte mich nicht mehr. Beim Finanzamt für Verkehrssteuern stünde ich vielleicht noch in der Liste. In einem Monat werden sie mir einen Bescheid über die Autosteuer schicken. Im Dezember mußte mein Auto zum Technischen Überwachungsverein.

Ich besaß den alten Haustürschlüssel. Aber was nützt ein

Schlüssel, wenn das dazugehörige Haus nicht mehr steht, weil Julia im Bett geraucht oder das Bügeleisen auf dem Teppich vergessen hatte? Oder es wohnen andere Leute in dem Haus, sie haben als erstes ein neues Schloß einsetzen lassen.

Vor dem Horster Dreieck entschied ich mich, nicht durch den Elbtunnel zu fahren, sondern mitten in die leuchtende Stadt hinein, auf den Fernsehturm zu. Sein rotes Blinklicht kam mir vor wie die Pulsschläge einer großen Stadt, meiner Stadt. Bitte nicht mehr hinunterspringen, wenn die Tür für die Fensterputzer vorbeikommt! Niemand soll mehr in die Tiefe stürzen.

Am Berliner Tor eine Baustelle, die es im Mai noch nicht gegeben hatte.

Ich hielt vor einer Telefonzelle. Irgendwo müßte ich nun anrufen und sagen: Werner Gersdorf ist wieder da. In der Anwaltskanzlei war es um elf Uhr abends längst duster. Auch Timmann schlief schon, außerdem mochte ich Timmanns Stimme nicht mehr hören.

Ich wählte meine alte Nummer. Niemand meldete sich. Eine Julia Gersdorf kam in dem Hamburger Telefonbuch nicht mehr vor, wohl aber Werner Gersdorf. Wer hatte in den vergangenen Monaten meine Telefonrechnung bezahlt?

Plötzlich hatte ich viel Zeit. Ich wartete gern vor roten Ampeln. Langsam bog ich in unsere Straße. Das Haus stand noch. Also doch nicht beim Rauchen im Bett verbrannt. Kein Licht in den Räumen, auch die Gartenleuchte, die den Weg von der Pforte zur Haustür erhellen sollte, war dunkel. Ich fuhr ein paarmal um den Block, parkte weit entfernt von unserem Haus und weigerte mich auszusteigen. Kein Malojawind wehte, doch mir tat der Kopf weh. Die Glieder schmerzten von der langen

Fahrt. Ich kurbelte die Scheibe runter und lauschte den Geräuschen der Nacht. In der Ferne ein Martinshorn und gleich darauf das Heulen eines Unfallwagens. Nun ist doch wieder jemand in die Tiefe gestürzt.

Sollte ich einfach hingehen, wie selbstverständlich das Grundstück betreten, das uns beiden gehörte oder mir schon allein? Ich vertrat mir die Füße, beobachtete das Haus aus der Ferne. Wenn jemand vorbeikäme, würde ich fragen, ob hier eine Frau Gersdorf wohnt. Was wird er antworten? Früher soll es in dieser Straße mal ein Ehepaar Gersdorf gegeben haben, aber das ist lange her.

Es kam niemand. Sie ließen mich allein in der Nacht mit ihren fernen Geräuschen und dem Rascheln der Blätter hinter der Hecke. Ich blickte in unseren Garten. Trockenes Herbstlaub lag auf den Wegen, vor dem Wohnzimmerfenster blühten verspätet Rosen. Das Haus sah unbewohnt aus. Die Gartenpforte quietschte. Wenn dich jemand beobachtet, Werner Gersdorf, wie du um dein Haus schleichst, wird er die Polizei rufen. Die Kieselsteine knirschten unter den Schuhsohlen. Hoffentlich reißt im Nachbarhaus niemand das Fenster auf und schreit in die Nacht. Im Garten ein Eimer mit Fallobst, fast wäre ich darüber gestolpert. Die immer noch blühenden Dahlien hatte ein Sturm flach auf die Erde geworfen, nun lagen die tellergroßen Blüten im Schmutz.

Auf der Terrasse standen die weißen Gartenstühle und der runde Tisch, den Julia vor drei Jahren gekauft hatte. Auf dem Tisch ein Korb Äpfel. Die Markise herabgelassen, als wäre heißer Sommer.

Mein Schlüssel paßte noch. Wärme schlug mir entgegen. Im Keller sprang die Ölheizung an. Die Standuhr hatte ich damals kurz vor zwölf angehalten, so stand sie noch und gab keinen Laut von sich.

Ich lauschte hinauf. Wieder bekam ich Angst vor der Treppe und den oberen Räumen, in denen der Dämon gewütet, sich übergeben, gewürgt und sein Elend ausgebreitet hatte.

Es duftete nach reifen Äpfeln.

Ich betrat die Küche. Die Ziffern der Herduhr empfingen mich, grünlich kalt leuchtend. Nur kein Licht einschalten. Es genügte, die Tür des Kühlschranks zu öffnen, das gab Helligkeit genug. Kein schmutziges Geschirr in der Spüle, keine leeren, klebrigen Gläser auf der Fensterbank, auch lief der Mülleimer nicht über, wie er es jahrelang getan hatte. Im Kühlschrank kein Bier. Die sechs Flaschen Korn waren verschwunden. Dafür Milchtüten, mehrere Becher Joghurt und eine Flasche Mineralwasser. Auf der Anrichte eine Schale mit Obst. Es duftete immer noch nach reifen Äpfeln.

Und wieder Angst, eine Tür zu öffnen. Mit größter Vorsicht trat ich ins Wohnzimmer, trotzdem stieß die Tür gegen eine Stuhllehne. Ein dumpfes Geräusch auf der anderen Seite sagte mir, daß ich einen Stuhl umgekippt hatte.

Das Telefon war fort. Es hatte doch immer auf dem Couchtisch gestanden, nun gab es überhaupt kein Telefon mehr. Aber das Fernsehgerät war am alten Platz. Auf dem Tisch ein Strauß jener Dahlien, in denen der Sturm gewütet hatte. Die Gardinen sorgfältig gesteckt, die Kissen akkurat auf der Couch verteilt, unser Hochzeitsgeschenk, das Glas mit den Kupferpfennigen, war verschwunden.

Ich setzte mich in einen Sessel, machte die Beine lang, dachte, so schlafen zu können in der wohltuenden Wärme, als mich ein Geräusch aufschreckte. Es kam nicht aus dem Garten, auch nicht von der Straße, sondern aus den oberen Räumen. Jemand schloß ein Fenster.

Wenn dort wirklich jemand wäre, müßte er jetzt das

Treppenlicht einschalten und herunterkommen. Aber nichts geschah. Wenn sie immer noch lebte, so lebte, wie ich sie damals verlassen hatte, oder schlimmer! Ein wandelndes Skelett mit aufgelösten Haaren, ein Geist, der seine körperlichen Reste sucht. Wenn sie so die Treppe herabkäme, so wie damals, was sollte ich dann tun?

Jemand war oben, da gab es keinen Zweifel. Eine Tür knarrte, ein Drücker sprang hoch. Auf der Treppe zaghafte Schritte, als bereite es große Mühe, in der Dunkelheit die Stufen zu finden.

Ich müßte eigentlich fliehen. Durch die Kastanienwälder von Castasegna oder hinauf zur Albignaschlucht. Aber wie angekettet liege ich im Sessel, die Wärme lähmt mich. Jemand steht im Flur. Gleich wird er die Tür aufreißen. Das Licht wird mich durchbohren wie ein scharfes Messer. Jemand zieht die Standuhr auf. Die Scharniere quietschen beim Öffnen des Uhrenkastens, der Schlüssel knarrt. Zwölf Uhr schlägt es, schlägt so laut, daß ich denke, das Haus werde einstürzen. Während die letzten Schläge nachhallen, bewegt sich der Türdrücker. Licht flutet ins Wohnzimmer. Ich sehe eine Gestalt, die den Türrahmen ausfüllt. Es riecht nach Flieder.

«Bist du da, Werner?»

Das ist Julias Stimme. Kein schwerfälliges Lallen, kein: Ihr habt ja alle keine Ahnung!, sondern weich und warm wie früher. Sie ist verschleiert. Im durchsichtigen Nachtkleid, das bis zu den Füßen reicht, steht sie auf der Schwelle. Das Haar fällt am Hals abwärts, bedeckt ihre Brüste. Sie taumelt nicht, schwankt nicht, steht da wie eine Königin der Nacht. Nun hast du endgültig den Verstand verloren, Werner Gersdorf.

«Ich weiß, daß du da bist!» sagt Julias Stimme.

Ich wage nicht zu antworten, aus Angst, das Bild könnte

einen Sprung bekommen. Eine falsche Bewegung, ein Hüsteln oder Räuspern, und meine Königin der Nacht wäre verschwunden.

Sie kommt näher. Der Fliedergeruch wird stärker, verdrängt alles andere, was duftet, auch die Dahlien auf dem Tisch. Sie steht zum Greifen nahe.

Schweigend setzt sie sich auf die Lehne, ihre Hand berührt mein Haar.

«Ich habe so lange auf dich gewartet», sagt sie.

Sie ist weich. Die Arme, der Mund, ihr ganzer Körper ist weich, sie hat wieder Brüste. Nichts Abstoßendes mehr an Julia. Ich will etwas sagen, aber sie legt mir den Finger auf die Lippen. Das heißt soviel wie: Diese Geschichte ist zu Ende. Wir wollen kein Wort darüber verlieren, wir wollen neu beginnen.

Es ist schon wieder Frühling. Ich sitze jeden Tag am Fenster und warte auf einen Brief von Wulf & Sohn. Während der langen Wartezeit schreibe ich Julias Geschichte. Es ist eine tapfere Geschichte von einer Frau, die einen Dämon besiegt hat, indem sie sich mit ihm einschloß in diesen Räumen, eine elende, grausige Woche mit ihm zubrachte, bis die Feuerwehr die Tür aufbrach und ein Unfallwagen sie ins Krankenhaus brachte. Sie hat die Kur durchgestanden, acht Wochen nur klares Wasser getrunken, nach der Entlassung hat sie unser Haus hergerichtet und auf mich gewartet.

Irgendwann mußtest du ja kommen, sagt Julia immer, wenn wir über diese Zeit sprechen. Sie hat fest an meine Rückkehr geglaubt.

Ich sitze am Fenster, rieche den Flieder und warte auf Julia. Um fünf Uhr schließt die Sparkasse, um halb sechs ist sie bei mir, jeden Tag. Stets bringt sie mir etwas mit, eine

Illustrierte oder frisches Obst. Wenn sie das Haus betritt,
kommt der blühende Flieder mit ihr in die Räume.
Im Sommer werden wir beide ins Bergell fahren.
Julia möchte den Panoramaweg nach Soglio wandern und
zur Albignaschlucht hinauf, im Wasserfall der Maira will
sie ihre kleinen Füße waschen.

Olga Kaminer
Alle meine Katzen
ISBN 978-3-548-26627-5
www.ullstein-buchverlage.de

Am Anfang, als Kind, wollte sie nur eine Katze wie die
aus dem Kinderbuch. Doch bei der einen blieb es nicht.
Olga Kaminer schildert fesselnd und anrührend die Er-
lebnisse einer starken Frau in Zeiten des Umbruchs und
erzählt von ihrem Migrantenleben zwischen St. Petersburg und Berlin. Und von all den Katzen, denen sie unterwegs begegnet ist.

»Eine große Geschichtenerzählerin« *Intro*

UB374

Wibke Bruhns

Meines Vaters Land

Geschichte einer deutschen Familie

ISBN 978-3-548-36748-4
www.ullstein-buchverlage.de

August 1944: Der Abwehroffizier Hans Georg Klamroth wird als Hochverräter hingerichtet. Jahrzehnte später sieht Wibke Bruhns Filmaufnahmen von ihrem Vater während des Prozesses gegen die Verschwörer des 20. Juli. Der Anblick lässt sie nicht mehr los: Sie macht sich auf eine lange Suche nach seiner und auch ihrer eigenen Geschichte. Ein einzigartiges Familienepos.

»Eine faszinierende Mischung aus privater Chronik, zeitgeschichtlichem Report und persönlicher Identitätssuche.« *Der Spiegel*

»Eine eindrucksvolle, den Leser mitreißende Vatersuche.« *Frankfurter Allgemeine Zeitung*

US180

ullstein